Rolf Schröter

Erzgebirgische Weihnachtsträume

Wundersame und unterhaltsame Geschichten von
Pyramiden, Nußknackern, Räucherkerzenmännern,
Lichterengeln, Bergleuten, Reifentieren und
Spieldosen aus dem erzgebirgischen Weihnachtsland

Scherenschnitte
von Marliese Bauer

Husum

Umschlagbild: Gedrechselte Figuren aus dem Erzgebirge
(Sammlung Alix Paulsen)

Die Deutsche Bibliothek – CIP-Einheitsaufnahme

Schröter, Rolf:
Erzgebirgische Weihnachtsträume : wundersame und
unterhaltsame Geschichten von Pyramiden, Nussknackern,
Räucherkerzenmännnern, Lichterengeln, Bergleuten,
Reifentieren und Spieldosen aus dem erzgebirgischen
Weihnachtsland / Rolf Schröter. Scherenschnitte von Marliese
Bauer. – Husum : Husum, 1996
  (Husum-Taschenbuch)
  ISBN 3-88042-785-2

© 1996 by Husum Druck- und Verlagsgesellschaft mbH u. Co. KG,
  Husum
Satz: Fotosatz Husum GmbH
Druck und Verarbeitung: Husum Druck- und Verlagsgesellschaft
Postfach 1480, D-25804 Husum
ISBN 3-88042-785-2

Die Geschichte vom Weihnachtszimmer und den Pyramiden

Es war ein Tag vor dem Heiligen Abend, oder besser eine Nacht vor diesem Tag, den alle Kinder so sehr herbeisehnten. In unserem Weihnachtszimmer lugte ein neugieriger Vollmond durch die Gardinen herein und schien direkt auf einen wunderbaren silbernen Leuchter, der auf dem Eßtisch stand.

„Was glänzt da so unverschämt auffällig auf dem Tisch – mir scheint, da haben wir Zuwachs bekommen", sagte die große, fünfstöckige Pyramide, die auf einem besonderen Tisch stand, zu dem Bergmann, der neben ihr plaziert worden war.

„Sieht aus wie ein Leuchter", sagte der Bergmann mit rauher Stimme und hätte sich gewünscht, daß die beiden Kerzen, die er da in den Fäusten hielt, angezündet wären, damit er besser sehen könne.

„Können Sie etwas erkennen?" fragte jetzt die große Pyramide den Adventskranz, der auf dem Couchtisch stand. Im allgemeinen war die Pyramide nicht so gesprächig zum Adventskranz, denn dieser war ihr zu neumodisch, gerade erst vor ein paar Jahren als Weihnachtsdekoration angeschafft, und so nahm sie diesen jungen Spund nicht sehr ernst.

„Ich meine auch, es ist ein Leuchter, der recht glitzert und schimmert", beeilte sich der Adventskranz zu antworten.

„Es ist ein Leuchter", bestätigte das Seiffener Kirchlein. Auch sie war eine Pyramide. Auf einem schneeweißen Teller standen der Bauer und die Bäuerin, das Kind und der Schäfer und noch viele andere Kirchgänger, die auf der einen Seite in die Kirche hineinfuhren und auf der anderen Seite wieder herauskamen. Wenn alle vier Kerzen angezündet wurden, dann sausten die Leutchen immer hinein und wieder heraus aus dem Kirchlein. Das Pyramiden-Kirchlein mit dem achteckigen Dach war eine getreue Nachbildung der Kirche, die noch heute in dem erzgebirgischen Spielwarendorf Seiffen steht. Im Weihnachtszimmer hatte sie auf der Kredenz Platz gefunden und von da einen guten Ausblick auf den Tisch.

„He, Sie!" polterte jetzt der große Nußknacker los, der neben der Kirchlein-Pyramide stand und dem die Rätselei zu dumm wurde. „He, Sie da auf dem Tisch, wollen Sie nicht mal gefälligst Laut geben und sagen, wer Sie sind?"

„Meinen Sie mich?" fragte der Leuchter mit silberhellem Stimmchen.

„Natürlich meinen wir Sie, wen denn sonst, ist doch niemand anderes da, den wir noch nicht kennen", sagte die Fünfstöckige, und ihre Stimme klang sehr von oben herab.

„Ich bin ein Leuchter, und zwar ein besonderer Leuchter."

„So, so, ein Leuchter", wiederholte der Engel, der gegenüber vom Bergmann stand, „und was ist so Besonderes daran?"

„Ich bin ein silberner Leuchter."

„Ha, ein silberner Leuchter", rief die Fünfstöckige empört. „Silber, das gibt es doch gar nicht mehr. Ein Betrüger sind Sie, nichts weiter als ein Betrüger!"

„Wie können Sie es wagen, so ausfallend zu werden, Sie komischer Turm da drüben auf dem Tisch, was habe ich Ihnen getan, daß Sie mich Betrüger schimpfen dürfen. Ich bin ein silberner Leuchter, mit einem Stempel unten an meinem Fuß, da kann man lesen, wie wertvoll ich bin", sagte der Leuchter, und seine Stimme klang wie Erz.

„Komischer Turm", regte sich die große Pyramide auf,

so etwas muß man sich sagen lassen. Auf jeden Fall kommen wir aus einer Gegend, wo es mal viel Silber gab, und dann gab es keines mehr, und die armen Bergleute mußten hungern, hätten sie nicht angefangen, so schöne Engel und Bergleute und Nußknacker und Räucherkerzenmänner zu schnitzen und auch Pyramiden wie unsereins. So ist das!"

„Ja, so ist das", bestätigte der Nachtwächter, der als Räucherkerzenmann brav seinen Dienst tat und neben der Seiffener stand, und mit seiner verrauchten Stimme fuhr er fort: „Und das ist schon eine Ewigkeit her, wenn nicht noch viel länger."

„Wie alt sind Sie denn?" fragte der Leuchter freundlicher.

„Nun, ich bin ein Erbstück", sagte der Räuchermann stolz, denn er war der älteste in der Runde, was er oft genug den anderen gegenüber betonte, „ich werde an die siebzig oder achtzig Jahre alt sein."

Am liebsten hätte er jetzt ein Räucherkerzchen in seinem Bauch gehabt, um dem Leuchter einmal zu zeigen, was so ein Erbstück wie er noch für Dampf ablassen kann.

„Ich bin an die 170 Jahre alt", sagte der Leuchter und genoß die jetzt entstandene Pause, um sich so richtig im silberhellen Mondlicht zu baden.

Es war mucksmäuschenstill geworden. Die Fünfstöckige war wohl ein Dutzend Jahre alt, das Seiffener Kirchlein erst fünf, Engel und Bergmann waren schon an die zwanzig Jahre alt, und der Adventsleuchter hatte überhaupt nichts zu melden, er tat erst seit zwei Jahren seinen Dienst.

Die große Pyramide war völlig konfus geworden, selbst wenn sie alle ihre Jahre zusammenzählten, kam lange nicht das Alter heraus, das dieser Leuchter auf dem Buckel hatte.

„Und wie haben Sie sich so gut gehalten?" fragte die große Pyramide, die sich nicht vorstellen konnte, daß sie jemals so alt werden würde.

„Immer gut putzen und pflegen lassen", sagte der Leuchter munter. „Ich bin nämlich eine Antiquität, aber Sie werden wohl kaum wissen, was das ist. Ich bin so alt und so wertvoll und so selten, daß man für mich mehr Geld ausgibt, als ich seinerzeit bei meiner Geburt wert war."

Von so alten Stücken hatte der Räucherkerzenmann schon mal gehört, es sollten in einem Museum auch Kameraden von ihm stehen und auch ganz alte Pyramiden, aber die konnten sich nicht mehr drehen, weil sie einfach altersschwach waren, und so sagte er zum Leuchter: „Ich weiß, was alte Stücke sind, aber die gehen doch nicht mehr, die kann man doch nicht mehr benutzen."

„Natürlich kann man mich benutzen, man steckt einfach drei Kerzen in meine Halter, und schon erstrahle ich im schönsten Licht, was glauben Sie, wie mein Silber dann funkelt."

„So, so, funkelt, wie schön", murmelte die Seiffener Kirchlein-Pyramide, die sich sehr viel einbildete auf ihr weißbezuckertes Schneedach, aber das war wohl nichts gegenüber dem Funkeln von Silber.

„Ja, funkeln", fuhr der Leuchter fort, „denn mein Silber stammt aus einem Bergwerk bei Freiberg im Erzgebirge, und ein Silberschmied in Dresden hat mich in diese wunderschöne Form gebracht."

Der Leuchter war nämlich mehr als stolz auf die zierlich geschwungenen Arme, in denen oben die Kerzen eingesteckt wurden.

„Aus Dresden! Aus dem Erzgebirge!" schrie es jetzt durcheinander.

„Das ist unsere Heimat – dann sind wir ja fast Verwandte."

War das einen Moment lang ein Hallo.

Der Silberleuchter wußte mit dem Jubel gar nichts anzufangen und fragte endlich in eine Pause hinein: „Ja sind Sie denn auch aus Dresden oder Leipzig?"

„Nein, wir sind direkt aus dem Erzgebirge, dorther, wo man auch das Silber gefunden hat. Geboren sind wir in so kleinen romantischen Städtchen wie Seiffen oder Marienberg oder Annaberg."

„Freiberg kenne ich, aber die anderen Berge kenne ich nicht", wunderte sich der Leuchter.

„Ja, wissen Sie denn überhaupt, was da in Freiberg und allen anderen Silberbergstädten geschehen ist, damals?"

Und als der Leuchter schwieg, weil er nicht ahnte, wo der Nußknacker mit seiner Fragerei hinwollte, fuhr dieser fort: „Aus war's mit dem Silber, alle war es, es gab nicht mehr genug, um es abzubauen, und die armen Bergleute mußten bittere Not leiden."

Nun erzählten die Fünfstöckige, die Seiffener, Nußknacker, Räuchermann, Bergmann und Engel immer abwechselnd die ganze Geschichte der in Not geratenen erzgebirgischen Bergleute:

Viele Familien hatten nichts mehr zu essen – und was das Schlimmste war, ihre kleinen Kinder mußten schrecklichen Hunger leiden. Da erinnerten sich die Leute, daß sie doch im Winter, wenn es zeitig dunkel wurde, zu Hause in der warmen Stube saßen und aus Holz Spielzeug für ihre Kinder schnitzten: Bergmänner, Engel, Räuchermänner und Nußknacker. Holz hatten sie reichlich, denn die Berge und Hügel des Erzgebirges waren voller Wälder.

Warum aber sollten andere Kinder nicht auch Freude haben an ihren Schnitzereien, und vor allem an den schönen Pyramiden? Und so wanderten all diese schönen Sachen auf die Christkindlesmärkte in Dresden, Leipzig, Nürnberg und überall in Deutschland. Es dauerte nicht lange, da wurden sogar in Amerika erzgebirgisches Spielzeug und Weihnachtsschmuck gewünscht. So brauchten die früheren Bergleute keine große Not mehr zu leiden. Allerdings mußte die ganze Familie mithelfen, selbst die kleinen Kinder malten und pinselten und schnitzten und werkelten.

„Jetzt bin ich aber sehr froh, daß wir alle aus der gleichen Heimat stammen", sagte der Silberleuchter, als die Erzgebirgler mit ihrer Geschichte fertig waren, und zu dem Bergmann und Engel gewandt fuhr er fort:

„Wenn ich es recht erkenne, sind wir doch gute Verwandte, denn auch Sie haben Kerzen zum Leuchten in Ihren Händen."

„Ja, wir sind schon so eine Art Leuchter", sagte der Bergmann, und da er nicht so redegewandt war, was wohl vielen Bergleuten zu eigen ist, wandte er sich hilfesuchend an den Engel und fragte: „Oder was meinen Sie, verehrter Engel?"

„Wir sind mehr als nur Leuchter", begann der Engel, „wir sind Behüter und Verkünder." Und als er so sprach, da wußten alle, daß er zu den göttlichen Heerscharen gehörte, denn Ausdrücke wie Behüter und Verkünder waren dem Nußknacker überhaupt nicht geläufig.

„Behüter und Verkünder?" knurrte der Nußknacker fragend und klappte einmal mit seinen gefletschten Zähnen.

„Dann werd ich's dir erklären", sagte der Engel, „denn du hast ja immer in der warmen Stube gesessen, aber uns, den Bergmann und mich, haben die Leute im Erzgebirge während der Adventszeit ans Fenster gestellt, und so haben wir das Haus behütet und gleichzeitig allen Vorübergehenden verkündet, wie viele Buben und Mädchen in diesem Hause sich auf Weihnachten freuen. Für jedes Mädchen einen Engel und für jeden Buben einen Bergmann – und da die armen Leute im Erzgebirge oft mehr Kinder hatten als Brot zum Beißen, da standen in den Fenstern eine stattliche Anzahl Engel und Bergleute. Du weißt es doch auch?" wandte sich der Engel an den Bergmann.

Der Engel duzte alle, das war wohl so eine freundliche Eigenart von Engeln.

„Wenn Sie es so erzählen, dann erinnere ich mich wieder daran, aber mein Kopf ist doch etwas schwach geworden, ich vergesse viel", seufzte der Bergmann.

„Sie sollten mehr Dampf in Ihren Kopf lassen, Räucherdampf, der hält jung, ich kann sogar noch ganze Gedichte aufsagen. Soll ich mal?" fragte der Räucherkerzen-Nachtwächter, aber die große Fünfstöckige sagte nur energisch: „Nein, jetzt bitte nicht, ich bitte sehr darum!"

Beleidigt schwieg der Nachtwächter, aber die anderen waren froh über den Einspruch der großen Pyramide, denn jede Nacht mußte der Räucherfritze sein Gedicht aufsagen, und um der Wahrheit die Ehre zu geben, er konnte nur ein Gedicht auswendig, und selbst das schönste Gedicht wird mehr als langweilig, wenn man es hundertmal anhören muß.

„Gestatten Sie eine Frage, Sie großer Turm, der in den Erzählungen Pyramide genannt wird", wandte sich der Silberleuchter an die Fünfstöckige.

„Ich bitte sehr darum", gab diese geschmeichelt zur Antwort.

„Eigentlich müßten Sie doch Ihre Kerzen ganz oben ha-

11

ben, aber sie stehen bei Ihnen unten am Fuß, so können sie doch kein strahlendes Licht verbreiten?"

„Meine Kerzen sollen nicht leuchten, sondern sie sollen arbeiten", sagte die große Pyramide nicht ohne Stolz.

„Arbeiten?" fragte der Leuchter erschrocken, „Kerzen können doch nur an einer Stelle stehen, herunterbrennen und dabei leuchten."

„Leuchten und Wärme erzeugen", fuhr die Pyramide fort. „Sie sollten einmal einen Blick nach oben werfen, da habe ich Flügel, wie sie die Windmühlen haben. Wenn meine Kerzen angezündet werden, was passiert dann?"

„Dann steigt die erwärmte Luft nach oben und drückt die Flügel nach vorn, sie fangen an, sich zu bewegen, und der ganze Kladderadatsch dreht sich mitsamt den Schäfchen, den Soldaten und den Heiligen Drei Königen, nun machen Sie es doch nicht so spannend", meldete sich der Räuchermann zu Wort und rächte sich so dafür, daß die Pyramide ihm vorhin den Faden abgeschnitten hatte.

„Kladderadatsch, das nehmen Sie sofort zurück", empörte sich die Pyramide.

„Nehm' ich nicht zurück", raunzte der Nachtwächter.

„Es vergeht doch keine Nacht, ohne zu streiten", beklagte sich die Kirchlein-Pyramide. „Jetzt hören Sie doch damit auf, was soll nur der Silberleuchter von uns denken, auf dessen vornehme Herkunft wir doch alle stolz sein sollten."

„Er ist ja nur neidisch, der Räucherfritze", murmelte die Fünfstöckige, und der Nachtwächter sagte gar nichts mehr, denn er war wirklich ein bißchen neidisch auf die Pyramiden. Die durften sich stundenlang drehen, während er eine einzige Räucherkerze zum Schmauchen bekam, und die war schnell aufgeraucht, und dann mußte er wieder geduldig warten, manchmal viele Tage lang.

„Ach, ich bin so froh, bei Ihnen sein zu dürfen", sagte der Silberleuchter, „und es ist sehr interessant, was Sie mir alles erzählen. Ich muß noch vieles fragen, und so würde ich gern wissen..."

Da wurde der Leuchter unterbrochen vom Stundenschlag der großen Standuhr in der Ecke. Zwölfmal schlug es, denn es war Mitternacht, und nun begann die erste Stunde des Heiligen Abends.

Während die Uhr schlug, sagte der Engel nur: „Ach, du lieber Gott, jetzt geht es wieder los für eine Stunde."

In dieser Stunde nach Mitternacht durften auch die Figuren der Pyramiden reden, und da sie nur eine Stunde Zeit hatten, so kann man sich denken, daß sie eine ganze Menge sagen wollten, aber leider hatten sie nur die einmal gelernten Texte zur Verfügung, und so wiederholten sie diese in der einen Stunde immer wieder und immer wieder.

Kaum war der letzte Schlag der Uhr verhallt, da ging es auch schon los:

„Links zwei drei vier, links zwei drei vier", kommandierten die Soldaten und schrien: „Wir sind die Häscher des Herodes, her mit den kleinen Kindern."

Die Hirten erzählten sich immer wieder von dem wunderbaren Stern, den sie gesehen hatten.

Nur das Christkind schwieg in seiner zierlichen, aus Holz geschnitzten Krippe, und auch Maria und Josef blieben schön still und hörten geduldig der Begrüßung der Drei Heiligen Könige zu.

„Ich heiße Melchior und bringe dem Kinde Weihrauch", sagte der eine, und der andere: „Ich heiße Caspar und bringe dem Kindlein Myrrhe", und der dritte: „Ich heiße Balthasar und bringe dem Kinde Gold."

Die Kurrende-Sänger sangen alle Strophen des Liedleins „Es ist ein Ros' entsprungen", und die Engel bliesen auf ihren kleinen Trompeten „Ehre sei Gott in der Höhe". Es war ein Stimmengewirr, schlimmer als in der größten Bahnhofsvorhalle. Selbst von der Kirchlein-Pyramide drang ein heftiges Stimmengemurmel, denn dort stritten sich der Bauer und die Bäuerin, das Kind, der Kaufmann und die Magd, wer von ihnen öfter in die Kirche hineinund wieder herausgesaust sei.

Dem Silberleuchter verschlug es erst einmal die Sprache, aber dann nahm er sich ein Herz und versuchte, den Lärm zu übertönen, und rief hinüber zur Fünfstöckigen:

„Werte Pyramide, können Sie mir sagen, was das bedeutet?"

„Ach, was soll es schon bedeuten – es dauert ja nur eine Stunde, dann ist der Spuk vorbei. Die sind halt alle arm dran, die wissen nur das, was sie angeht, und das Ganze, das Großartige können sie nicht erfassen."

„Das Großartige?" fragte der Silberleuchter, denn er konnte mit der Antwort der Pyramide nicht viel anfangen.

„Ja, das Großartige der Weihnachtsgeschichte. Sehen Sie, auf meinen Stockwerken erleben Sie fast die ganze Weihnachtsgeschichte: Im Erdgeschoß entdecken Sie das Jesuskind mit seinen Eltern in Bethlehems Stall, der Esel ist auch dabei, und die Heiligen Drei Könige kommen mit den Geschenken. Im nächsten Stock finden Sie die Hirten mit ihren Schafen, denen der leuchtende Stern am Himmel Erschrecken einjagte, und wieder einen Stock höher die Soldaten des Herodes, die alle Kinder umbringen sollen. Darüber die himmlischen Heerscharen, die die Geburt des Christkindes preisen, und im obersten Stock die weltlichen Kurrende-Sänger, die Weihnachtslieder singen. Sehen Sie, so ist das."

Die Pyramide schwieg, denn es war anstrengend, den allgemeinen Lärm zu übertönen, und jetzt krächzte der Räucherkerzen-Nachtwächter mit seiner verrauchten Stimme: „Soll ich Ihnen allen mal ein schönes Gedicht vortragen, na, wie wär's mit einem schönen Gedicht?"

„Ach, seien Sie doch still, das fehlt uns gerade noch", schnitt ihm die Fünfstöckige wieder das Wort ab. Und zum Leuchter gewandt, fuhr sie fort:

„In dieser wunderbaren Weihnachtsgeschichte hat nun jede der Figuren ihren bestimmten Platz und ihre bestimmte Aufgabe, aber auch nicht mehr. Jede weiß nur ihr kleines Bröckchen und hat keine Ahnung von der ganzen Geschichte. So können sie immer nur das sagen, was sie kennen, und nichts anderes. Aber es dauert nur eine Stunde, dann ist der Spuk vorbei."

Während der Krach langsam leiser wurde, dachte der Silberleuchter angestrengt über das Gesagte nach. Hatte er nicht genauso gehandelt wie diese kleinen Figuren, denn auch er war fest überzeugt gewesen, daß Kerzen nur zum Leuchten da seien, und nun hatte er sich eines Besseren belehren lassen müssen und erfahren, daß Kerzen auch Arbeit leisten können. Wie dumm es doch ist, wenn man glaubt, man wisse alles. Jeder weiß nur einen Teil, aber viele tun so, als sei ihr Teil die ganze Welt und noch viel mehr.

Der Silberleuchter neigte zum Nachdenken, das kam schon daher, daß er so viele Jahre auf dem Buckel hatte, und unter den Menschen wäre er als Philosoph gehandelt worden, denn das sind letztlich Leute, die über alles so lange nachdenken, bis ihnen eine Lösung eingefallen ist.

Inzwischen war es schlagartig still geworden, und in diese Stille hinein sagte der Leuchterengel nur: „Na, Gott sei Dank – das wäre überstanden bis zum nächsten Jahr."

Niemand antwortete, die große Pyramide war schon am Einschlafen, auch die anderen waren todmüde, bis auf den Nachtwächter, der jetzt wieder fragte: „Soll ich jetzt mal mein Gedicht vortragen?"

Der Bergmann brummte im Halbschlaf „Pssst", und der Nußknacker gab einen sehr abweisenden Schnarcher von sich. Keiner antwortete, aber dem Silberleuchter, der noch nicht müde war, tat der Räuchermann leid, und so sagte er: „Ich würde gern Ihr Gedicht hören, aber nicht so laut, denn die anderen schlafen schon."

„Endlich einer, der Kultur hat, das habe ich Ihnen doch gleich angesehen", sagte der Räuchermann geschmeichelt, und dann hub er an:

„Das Gedicht vom Räucherkerzenmann

Paffen möchte er den ganzen Abend
denn der Duft, der aus der Pfeife steigt
ist erquickend und erlabend
bis der Tobak sich zu Ende neigt.
Traurig und betrübt schaut er alle an
denn er kann es nie verstehen
warum nicht das ganze Leben lang
Räucherkerzen in dem Bäuchlein stehen."

15

Das Gedicht war so schön gewesen, daß auch der Leuchter darüber eingeschlafen war, und als der Räuchermann fragte: „Na, wie war das?" bekam er keine Antwort.

„Manieren sind das heutzutage", brummte er, ehe auch ihn der Schlaf überraschte, und natürlich träumte er von einem Räucherkerzenberg, so hoch wie die fünfstöckige Pyramide.

Der Lichterengel schlief aber keinesfalls so fest wie die anderen im Weihnachtszimmer, und er hatte einen wundersamen Traum. Wenn Engel träumen, dann sind das immer heitere und wunderbare Geschichten.

Er träumte davon, daß alle Kinder und deren Eltern und überhaupt alle Menschen, ob groß oder klein, zur Adventszeit noch mehr erfahren sollten von den Geheimnissen des erzgebirgischen Spielzeuglandes. Er hatte eine Idee, aber dazu brauchte er Hilfe, und die konnte er nur bekommen vom obersten Hüter aller Engels-Heerscharen, und das war der gewaltige Erzengel Gabriel.

Also flog der Engel in seinem Traum hinauf zum Himmel, und gleich hinter dem großen Tor des Petrus stand Gabriel auf sein Schwert gestützt, das golden blitzte und alle blendete, die hinzuschauen wagten. Auch der Lichterengel schloß die Augen und flüsterte:

„Lieber Gabriel, ich habe eine Bitte."

Alle Engel haben ein sehr feines Gehör, sonst könnten sie nicht die vielen Bitten hören, die auf Erden an sie herangetragen werden, und das allerfeinste Gehör hatte der Erzengel Gabriel, und so fragte er den Kleinen:

„Sprich, was möchtest du erbitten, damit ich weiß, ob ich es dir gewähren kann", und seine Stimme klang gar nicht so erzen, nur das „r" rrrollte er, als sei er gebürtiger Bayer, aber vielleicht war er kürzlich auf seinen Erdenreisen des längeren in diesem Flecken Erde verweilt.

Also faßte sich der kleine Lichterengel ein Herz und erzählte dem Gabriel, daß es so viel zu berichten gäbe aus dem Erzgebirge, und besonders aus jenen Städten und Dörfern, wo all diese Advents- und Weihnachtsherrlichkeiten entstehen. Und er möchte dort hinfliegen und mit diesen Pyramiden, Räuchermännern, Nußknackern, Bergmännern, kurz, mit allen sprechen, um die ganze Ge-

schichte des erzgebirgischen Weihnachtslandes kennenzu-
lernen.

Der Lichterengel schwieg, und auch der Erzengel hüllte
sich in Schweigen. Endlich fragte er: „Und wann gedach-
test du, diese Reise anzutreten?"

Darauf war der kleine Engel wohl vorbereitet, und so
antwortete er:

„Lieber Erzengel, du weißt, daß wir in den zwölf
Rauhnächten, also vom 24. Dezember bis zum 6. Januar,
die Wacht halten, erlaube mir, daß ich in diesen zwölf
Nächten mein geplantes Werk vollenden darf."

„Die Bitte sei dir gewährt, und wenn du dein Werk getan
hast, so erstatte mir Bericht", rollte der Erzengel seine
„r's", vor allem das in dem Wort Bericht.

Das versprach der Kleine und flog davon.

Unterwegs machte er sich einen Plan, er würde die vielen
Spielzeugwerkstätten in dem berühmten Ort Seiffen auf-
suchen und schön der Reihe nach beginnen. Zuerst wollte
er seinen Kameraden, den Bergmann besuchen...

So ganz in seine Gedanken eingesponnen flog der Lichterengel hinaus zum großen Himmelstor und verhakte sich
mit einem seiner Flügel in dem großen wallenden Bart des
Torwächters Petrus, der da müßig vor seiner Tür stand.

„Ein kleiner Lichterengel", rief Petrus erfreut. „Was
machst du denn hier oben, du gehörst doch auf die Erde,
morgen ist Weihnachten."

Der Engel erzählte ihm, was er vorhabe und daß er doch
etwas Sorge habe, woher er all das Wissenswerte über das
Erzgebirge erfahren könne.

„Wenn es weiter nichts ist", sagte Petrus, froh darüber,
eine Abwechslung zu haben, als nur müßig am Tor zu stehen, „also wenn es weiter nichts ist, so komm mit, ich zeig
dir etwas."

Sie gingen durch die große Eingangshalle zurück in einen langen Gang, der schier kein Ende zu nehmen schien.
Endlich gelangten sie an eine prächtig gestaltete große ver-
goldete Tür. Es war der Eingang zur himmlischen Bibliothek, und der kleine Lichterengel staunte nicht schlecht, als

er die hohen Regale sah, vollgestopft mit dicken und dünnen, großen und kleinen Büchern, Folianten in herrlichen Einbänden, und wieder andere mit ganz gewöhnlichen, abgenutzen Papprücken.

Aber was war das für ein gewaltiger und doch so herrlich ausgestatteter Raum mit so vielen Galerien, Treppen, wunderschön verzierten Geländern, marmornen Säulen und goldverziertem Stuck an den Decken? Der Engel hatte so etwas noch nie gesehen, und auch für ein menschliches Auge wäre dies etwas nie Dagewesenes und Erschautes, denn alles war zehnmal so schön ausgestattet wie der kostbare Bibliotheksraum Friedrichs des Großen, und es war wohl hundertmal schöner als die Klosterbibliotheken in Melk oder in Sankt Gallen, kurz, es war tausendmal herrlicher als alle Bibliotheken der Welt, voran die des Heiligen Vaters im Vatikan. Der Engel staunte und staunte, aber endlich hörte er, was Petrus zu ihm sagte:

„Hör mir endlich zu und halte nicht so lange Maulaffen feil. Hier, mein kleiner Engel, findest du alles, was du brauchst", sprach er und verwies ihn an einen der vielen dienstbaren Bibliotheksengel, die lautlos zwischen den einzelnen Etagen der Regale hin- und herschwebten.

„Nun, was kann ich für dich tun", fragte dieser sehr hoheitsvoll.

„Oh, ich suche etwas, das heißt, ich brauche etwas."

„Alle suchen etwas, deshalb kommen sie hierher, also was möchtest du?" fragte der Bibliothekar von oben herab.

„Alles über das Erzgebirge und die Herstellung der wunderschönen Pyramiden, Lichterengel, Räucherkerzenmänner, Nußknacker...", platzte der kleine Engel heraus.

„Halt, halt", unterbrach der Bibliotheksengel, „ich brauche nur Stichworte."

Der kleine Engel schaute etwas bedeppert drein, denn was waren nun wieder Stichworte, und so sagte er kleinlaut: „Alles über die Advents- und Weihnachtszeit."

„Na also", freute sich der Bücherengel, „da haben wir Erzgebirge und Advents- und Weihnachtszeit, das langt, komm mit."

Und nachdem er kurz in einem dicken Buch geblättert hatte, führte er ihn über eine Wendeltreppe ganz nach oben an ein Bücherregal.

„In diesen Bücherreihen findest du alles." Sprachs und schwebte davon.

„Ich beginne am besten mit dem Bergmann", sprach der Engel vor sich hin, aber schon bald merkte er beim Lesen und beim Nachschlagen in immer wieder anderen Büchern, Heften und gar Lexika, daß es so viel Interessantes zu erfahren gab über das Erzgebirge, daß er ganz plötzlich hineingeraten war in die Vergangenheit dieser Landschaft, und er las den ganzen Tag und bis in die nächste Nacht hinein...

Die Geschichte vom „Miriquidi", dem Dunkelwald

„Miriquidi, Gott schütze uns vor den bösen Mächten", rief es aus dem Vogtland. „Miriquidi, der Himmel schütze uns", klang es aus Böhmen und Schlesien. „Miriquidi, du gefährlicher Dunkelwald", seufzten die Kaufleute in Lipsia, heute Leipzig genannt, die so gern ihre Geschäfte bis nach Prag, ja, bis ins lukrative Norditalien ausgedehnt hätten...

Miriquidi, so nannten die Römer einst den undurchdringlichen Wald, der das sächsische Flachland von Böhmen trennte, und das hieß so viel wie „Dunkelwald".

Niemand wollte ihn gern durchqueren, wenn es nicht unbedingt sein mußte. Odins wilde Heerscharen trieben ihr Unwesen in diesem finsteren Wald und der wilde Jäger, oder der schwarze Mann selbstpersönlich blies das Horn zum großen Halali, um den armen Wanderer zu hetzen, der sich durch das wilde Gestrüpp des Unterholzes mühsam seinen Weg bahnen wollte, voller Angst nach oben schauend in die dichten Wipfel der ineinander verwachsenen uralten Bäume, die keinen Lichtstrahl, kein freundliches Blinzeln der Sonne freigaben bis hinunter auf das dicke Moos, das jeden Schritt dämpfte und die Angst und Sorge, diesen schrecklichen Wald heil zu durchqueren, so steigerten, daß jedem Wanderer das Herz schier in die Hose rutschte.

Und trotzdem.... sie schafften es, die Sachsen auf der einen Seite und die Böhmen und Egerländer auf der anderen Seite. Sie überwanden ihre Angst, bahnten sich eine Handelsstraße durch das unwirtliche Dickicht, trotzten den Geistern und dem blanken Satan, der ihre Pläne immer wieder zunichte machen wollte. Mit Gottvertrauen und viel Mut, heute würde man es Zivilcourage nennen, gelang es ihnen, eine Handelsstraße zu bauen, die Leipzig mit Prag verband.

So eine Straße hat viele Vorteile, nicht nur, daß die Geschäfte der Handelsleute sich gut anließen, auch andere hatten ihre Vorteile davon. Wirte, die sich trauten, in unwegsamer Gegend einen Posthaltergasthof zu errichten, denn die Kutscher und die Pferde brauchten nur zu gern eine Pause und vor allem Futter. Und eines Tages wünschten auch die Reisenden zu rasten oder zu übernachten, wenn sie das Abenteuer wagten, den „Dunkelwald" zu durchqueren, denn es gelüstete sie nach Speis und Trank nach langer und aufreibender Reise über holprige Wege, und eine verdiente Nachtruhe wurde oft in Anspruch genommen, dies letztlich auch zum Nutzen der Wirte, die so nicht schlecht verdienten.

Es entstanden rechts und links der neuen Handelsstraße die ersten Poststationen, kleine Gasthöfe und Anwesen, die den Reisenden alle gewünschten Bequemlichkeiten boten.

Und eines Tages tat es einen großen Glockenschlag im „Dunkelwald": 1168 wurde Silber im Raum von Freiberg, also am Fuße des Miriquidi, entdeckt, und das riß eine ganze Landschaft aus dem Dornröschenschlaf. Freiberg, einst ein verschlafener Weiler, entwickelte sich in Kürze zum kulturellen und wirtschaftlichen Mittelpunkt des gesamten Erzgebirges.

Das große „Bergkgeschrey", das nun bis weit über die Grenzen Sachsens erklang, lockte viele Menschen an, die hier ihr Glück versuchen wollten. Die Stadt schwoll an, der Reichtum stieg ihr schier zu Kopfe.

Zeugnis dieses Wohlstandes sind so wertvolle Kulturdenkmäler wie die Goldene Pforte am Dom und in seinem Inneren die berühmte Tulpenkanzel und letztlich auch die viel später gebaute weltbekannte Silbermannorgel. Gott hatte sie alle aus dem Dunkel des „Miriquidi" ins rechte Licht geleitet, und die Kirche versäumte nicht, dies

allen Bürgern der reichen Stadt immer wieder deutlich zu machen.

Auch die weltlichen Herrscher taten sich gütlich am Silbersegen. Inzwischen waren noch viele Gruben entstanden, so auch in Schneeberg. Dort speiste Sachsenherzog Albrecht im Jahre 1477 mit seinen „Räthen" in einer Schneeberger Grube an einem riesigen Silberblock von 400 Zentnern Gewicht, und er sagte zu seinen Gästen voller Stolz: „Unser Kayser Friedrich ist zwar gewaltig und reich. Ich weiß aber doch, daß er ietzo keinen solchen stattlichen Tisch hat."

Ende des 15. Jahrhunderts blühten die Bergstädte Annaberg und Buchholz auf, und Mitte des 16. Jahrhunders hatte das kleine erzgebirgische Städtchen Annaberg 12 000 Einwohner, mehr als Leipzig zu dieser Zeit! Einige Jahrzehnte später schossen Marienberg, Lengefeld und Scheibenberg aus dem Boden.

Die hohen Herrschaften wußten die Gunst der Stunde zu nutzen, und der Markgraf Otto zu Meißen sicherte sich die Bergrechte und verlieh Grubenrechte, die er sich gut bezahlen ließ. So kamen zwei Drittel der Einnahmen für das Leben am Adelshof aus dem Silberbergbau.

Damals sollen in 30 Jahren an die 30 Millionen Gulden an Silber verhüttet worden sein. Eine unvorstellbare Summe, vor allem für damalige Zeiten, aber sie belegt den unermeßlichen Reichtum der Bergwerksstädte, zu denen Freiberg als die größte und schönste zählte.

Im südlichen Erzgebirge, da, wo heute in Seiffen die wunderschönen Pyramiden, Nußknacker, Räucherkerzenmänner, Schwibbogen, Engel und Bergmänner in geduldiger Heimarbeit entstehen, gab es allerdings kein Silber, aber es wurde Zinn entdeckt!

Der Name Seiffen ist zurückzuführen auf das Auswaschen oder „Ausseifen" des Zinns, und urkundlich wurde der Ort erstmals erwähnt am 26. Juli 1324 als „cynsifen".

Das Zinn konnte oberflächig geschürft werden, und so wurde eine „Zinnseifen" nach Lachter – ein Lachter beträgt 2 Meter – verpachtet. Es waren Familienbetriebe, und so ein Seifenwerk war im Durchschnitt 100 Lachter lang und 50 Lachter breit. Davon konnte eine Familie schon leben, allerdings wurde nebenbei noch die Landwirtschaft betrieben, denn im kalten schneereichen Winter mußte das Zinnseifen ruhen. Andererseits konnte der karge Boden nicht den vollen Lebensunterhalt sichern, gerade daß man daraus so viel gewinnen konnte, um ohne Hunger zu leiden über den Winter zu kommen.

Leider gibt es keine Angaben darüber, wieviel Zinn in diesen Gebieten gewonnen wurde. Es ist unter anderem nur bekannt, daß zum Beispiel im Umfeld von Seiffen in der zweiten Hälfte des 15. Jahrhunderts der Zinnbergbau begann, also nicht nur oben geschürft wurde, und bereits

1560 gab es dort acht Pochwerke, die mit Wasserkraft betrieben wurden.

Der Zinnbergbau lag in der Obhut des Grundherrn, während der Silberbergbau Sache des Landesherrn war. Nach und nach aber wurden die Zinngruben immer unergiebiger. Und ähnlich erging es den Kumpels im Silberbergbau in den Gruben um Freiberg, Marienberg, Scheibenberg, Schneeberg und wie die Orte alle hießen. Die Ausbeute wurde immer geringer, und die adligen Grundherren hatten damals keine Veranlassung, die Gruben auf Verlust weiterzuführen, und so begann bereits im 18. Jahrhundert ein Grubensterben, und die Bergleute, meist Familienväter mit vielen Kindern, standen da und hatten für ihre hungrigen unmündigen Mäuler nicht einmal das trockene Brot zum Beißen... Es brach eine bittere Not aus.

Schon während ihrer glanzvollen Zeit als Bergmann unter Tage hatten es sich die Hauer und Steiger angewöhnt, am Feierabend und am Wochenende zu Hause allerlei nützliches Hausgerät und auch das eine oder andere Spielzeug zu schnitzen. Holz hatten sie aus dem dichten „Miriquidi" mehr als genug, vor allem das weiche, leicht zu bearbeitende Fichtenholz.

So wurden aus den Bergleuten zuerst „Teller- und Spindeldreher" und später auch Holzdrechsler, von denen es vor allem in Seiffen bald recht viele gab, die mit außerordentlichem Geschick nützliche Dinge aus Holz wie auch Spielzeug herzustellen vermochten, so daß ihre Kunst weit über die nähere Umgebung sich herumsprach...

... Der Engel blickte auf von seinen dicken Büchern, so schnell war die Zeit vergangen und so viel hatte er erfahren. Oben an der lichten Kuppel der himmlischen Bibliothek zeigte sich schon ein grauverhangener Morgenhimmel, Schneeflocken wirbelten herab.

Morgen nacht, so nahm sich der Engel fest vor, morgen nacht, da wollte er die geschnitzten Bergleute besuchen...

Die 2. Nacht

Die Geschichte vom Bergmann

Es war dunkel in dem kleinen Ausstellungsraum, aber der Engel ließ
sein Licht strahlen, und da wisper-
te und flüsterte es:

„Wir haben Besuch."

„Es ist ein Engel – ich bin mit ihm verwandt", sprach ein
Bergmann, er war der größte von allen und darauf auch
mächtig stolz.

„Ja, ich bin ein Engel und ich bin zu euch gekommen,
damit alle Menschen, und vor allem auch die Kinder, die
Geschichte eurer Herkunft kennenlernen. Heut' nacht
werden wir alles über den Bergmann erfahren."

„Und warum nichts von uns?" – „Und wann sind wir
dran", schrien und riefen die Nußknacker, die Räucherkerzenmänner, die Schwibbögen durcheinander.

„Gemach, gemach, auch ihr kommt dran, und jetzt seid
fein still und hört, worüber die Bergleute und ich sprechen."

Er wandte sich an den gewaltig großen Bergmann mit
den zwei Kerzenhaltern und fragte ihn:

„Weißt du etwas von deiner Vergangenheit, kennst du
deine Urahnen?"

„Ich bin ein aus gutem Fichtenholz gedrechselter Bergmann, sorgfältig bemalt und der größte hier am Platze, das
genügt doch wohl völlig", sagte dieser nicht ohne Stolz in
der Stimme.

„Nein, es genügt nicht", stellte der Engel fest.

„Nein, es genügt wirklich nicht, wie dieser ins Holz ge-
schossene Riese meint", sagte ein winzig kleiner geschnitz-
ter Bergmann mit einem Federbuschen an der dunklen

Kappe und einer Fahne zwischen den Fäusten, die er stolz vor sich hertrug. Er stand mit einigen gleich großen Arbeitskollegen auf einem kleinen Podest.

„Was soll das heißen, ins Holz geschossener Riese, du Winzling", beschwerte sich der überlebensgroße Bergmann.

„Ich bin ein Schichtmeister, und du langer Lulatsch bist weiter nichts als Reklame", sagte der Kleine mit bitterem Spott, – vielleicht war er doch etwas neidisch auf diesen gigantischen Kerl, der allen gleich ins Auge fiel.

„Der ist weiter nichts als Werbung, das weiß sogar ein einfacher Häuer wie ich, werter Herr Schichtmeister", spottete ein schmucker Bergmann, der zwei Kerzen auf seinen vorgestreckten Händen trug und so an die zwanzig Zentimeter groß war.

„Werbung?" brüllte der Lange los. „Na und, seid froh, daß ich hier am Eingang dieses Ausstellungsraumes stehe, denn nur so werden doch die Käufer angelockt, denn ohne mich..." „Ruhe, aber sofort", sprach da der Engel mit einschneidend durchdringender Stimme. „In Gegenwart eines Gesandten der himmlischen Heerscharen wird nicht gestritten."

Es war im Augenblick mucksmäuschenstill, es schien, als würde sich sogar der riesige Bergmann zusammenducken und ein paar Zentimeter kleiner werden, als er da ganz leise murmelte:

„Entschuldigung, Ihre hohe Herrschaft, es war nicht so gemeint."

Und da Engel bekanntlich nie nachtragend sind, lächelte dieser freundlich und begann:

„Also, es genügt nicht, nur hier herumzustehen, ohne etwas von seiner Herkunft zu wissen. Bergmann zu sein, und vor allem sächsischer Bergmann zu sein, das hat

sehr viel Tradition", sagte der Engel und bemerkte, daß seine umständliche Formulierung Wirkung zeigte, alles schaute gebannt auf ihn, und so fuhr er fort:

„Zu dieser Tradition gehört zum Beispiel die Bergmannssprache, und sie hat sich als Standessprache, und darauf könnt ihr ganz besonders stolz sein, in ganz Deutschland eingebürgert, denn aus dem Freiberger Silberbergbau stammen solche Begriffe wie Flöz, Stollen, Zeche, Schicht und Steiger.

Heut werden diese Wörter überall im Bergbau angewandt, und keiner weiß, daß sie ihren Ursprung im obersächsischen Bergbau haben. Aber ihre Bedeutung kann mir bestimmt der Schichtmeister erklären, der sich vorhin so streitbar zeigte."

Der Schichtmeister war so gar nicht verlegen, denn schließlich war er ein Beamter der Bergbehörden und leitete in seiner Funktion einen Bergbaubetrieb, und so legte er los: „Das Flöz ist tief unter der Erde eine Schicht nutzbaren Erzes, die sich bei relativ geringer Mächtigkeit über große Flächen erstreckt, es kostet also sehr viel Mühe, solch ein Erz abzubauen, und damit der Häuer vor Ort abbauen kann, wird der Stollen vorangetrieben, ein horizontal oder fast horizontal getriebener Gang ins Gestein. Ja, und die Zeche, aus dem Mittelhochdeutschen kommend und soviel wie ‚Gesellschaft' bedeutend, ist das gesamte Bergwerk, in das die Bergleute Tag für Tag einfahren und, so Gott will, nach getaner Schicht wieder das Licht des Tages erblicken. Denn die Schicht, das ist die Arbeitszeit unter Tage."

Der Schichtmeister schwieg einen Moment, und den nutzte der Engel, um einzuwenden:

„Das war ein sehr schöner und fundierter Vortrag, man sieht, daß du gut gelernt hast an der Bergakademie zu Freiberg, aber bevor du weitersprichst noch ein Wort von mir:

Und wenn die Schicht vorbei war, dann habt ihr euch an hohen Feiertagen festlich gekleidet, so wie ihr hier zu sehen seid. Und es war üblich, daß große Umzüge, genannt Bergparaden, stattfanden, eine der bekanntesten war am

26. September 1719 die große Parade anläßlich der Vermählung des sächsischen Kurfürsten mit Sophie von Österreich. Im Talgrund flankierten zwei den Pyramiden ähnliche Obelisken einen hellbestrahlten Wasserfall. Der breite, dreitorige Eingang zur Festhalle war strahlend illuminiert, und unter Lichterbögen gingen die Gäste ein und aus. Verwendet wurden Fackeln und Grubenlampen, es war eine Lichterfülle ohnegleichen.

August der Starke nahm sehr gern Bergparaden ab, um seinen Gästen aus europäischen Adelshöfen zu zeigen, wie reich sein Land sei, denn er war der König von Sachsen."

„König", rief es da aus dem Hintergrund, „wir sind sei-

ne Nachkommen, denn unter uns gibt es viele königliche
Nußknacker, und es wäre an der Zeit, daß wir nun auch zu
Wort kämen!"

Der Engel schaute den Nußknackerkönig in der Ecke,
der sich so vorlaut eingemischt hatte, nur milde an und
sprach: „Habt Geduld, auch ihr kommt zu Worte, vielleicht schon in der nächsten Nacht, und nun schweigt, und
jetzt darf uns der Schichtmeister berichten von den Berg-
mannsberufen, deren sächsische Standesuniformen über-
nommen wurden von fast allen europäischen Erz- und
Kohlegruben."

„Gesandter des Himmels", setzte der Schichtmeister sogleich an, „gestattet, daß ich das Wort weiterreiche an meinen Steiger, auch früher Hutmann genannt, denn er ist der
Aufsichtsbeamte unter Tage, der die Bergleute unter sich
hat."

Der Steiger stand hinter dem Schichtmeister, ebenfalls
einen Säbel tragend als Zeichen seines Beamtenstandes und
gekleidet in Paradeuniform: weiße Hosen mit schwarzen

Knieflecken und am schwarzen Rock hinten der Leder-
schurz und vorn die goldenen Litzen.

Da er das Kommandieren und Befehlen im Schacht ge-
wöhnt war, legte er gleich los mit seiner Aufzählung:

„Erstens gibt es die Lehrlinge, die als Knechte und Jungen, kurz das Grubengesinde genannt, die Hilfsarbeiten
verrichten, und wenn sie genug gelernt haben vor Ort,
dann machen sie die Knappenprüfung, werden Lehrhauer
und schließlich Häuer, und diese besorgen das Losbre-
chen, Aushauen und Gewinnen des Erzes.

Und zweitens haben wir noch Bergmaurer und Berg-
schmiede sowie Bergzimmerer, aber jeder kann sich wohl
vorstellen, daß diese unter Tage genügend Arbeit haben,
die ich wohl nicht im einzelnen aufführen muß. Jeder an
seinem Platz und jeder umsichtig, denn der Berg ist voller
Gefahren. Es gibt vielerlei Gefahren, zum Beispiel Wasser-
adern, und um die nicht zu treffen beim Abbau, denn dann
könnte ein ganzer Stollen absaufen, haben wir dafür sogar
Wünschelrutengänger. So ist das halt unter Tage", schloß
der Steiger und schaute erwartungsvoll auf den Engel.

„Ich bin zufrieden mit dir, aber eines fehlt noch, nämlich
das Gezäh, vielleicht sollte auch das erklärt werden."

„Darüber kann wohl am besten", wandte sich der Steiger an dem hinter ihm stehenden Bergmann, „mein Häuer
berichten."

„Ja, ja", begann dieser, er trug ein Beil mit langem Stiel-
schaft über der Schulter, „ja, das Gezäh, was soll ich sagen,
ja das ist halt unser Werkzeug, damit gehen wir dem Gestein zu Leibe, so ist das." Er stockte, und man spürte es,
ihm fiel das Sprechen doch schwerer als seinen Vorgän-
gern, aber endlich nahm er allen Mut zusammen und fuhr
fort: „Also da gibt es Keilhauen, Bergeisen und Schlägel,
Brechstangen und Spitzhammer, Kratzer, Bohrer und
Handfäustel, ja und hier auf meiner Schulter ruht eine dop-
pelte Keilhaue, sie hat eine breite Schneide, und auf der anderen Seite eine scharfe Spitze, das braucht man halt alles
vor Ort."

So eine lange Rede hatte der Häuer wohl in seinem

ganzen Leben nie gehalten, und der Engel, der sehr gut wußte, daß die einfachen Bergleute nicht so sehr gesprächig waren, erlöste ihn von seinen Nöten und sprach:

„Gut gemacht, lieber Häuer, dank dir auch für deine Worte, aber eines darf ich noch hinzufügen, zu dem Gezähe gehört auch noch die Bergparte, aber dieses Gerät wurde nicht vor Ort verwendet. Es war ein Paradebeil, das bei festlichen Umzügen getragen wurde, und der Holm war durch Einlegearbeiten reich verziert."

Der Engel schwieg, und in das Schweigen hinein sagte der Schichtmeister:

„Ich hätte eine große Bitte."

„Sie sei dir gewährt, denn sicher ist es nichts Unlauteres", erwiderte der Engel.

„Dürfen wir eine Mettenschicht abhalten?"

„Dann müssen wir aber erst einmal erklären, was eine Mettenschicht ist, und ich glaube, das darf ich wohl übernehmen?" fragte der Engel.

„Niemand kann das besser als ein himmlischer Gesandter", überließ der Schichtmeister dem Engel das Wort:

„Die Bergleute waren sehr fromme Leute, wohl lag es daran, daß sie ganz auf Gott vertrauen mußten, wenn sie da unten in der Tiefe schürften und gruben, darauf hoffend, ohne Unbill, sei es ein Wetter oder ein Wassereinbruch, wieder heil das Tageslicht zu erreichen. Und so versammelten sich die Bergleute seit dem 16. Jahrhundert regelmäßig vor der Schicht zum Gebet und manchmal sogar zum Orgelspiel, wenn so ein kleines Portativ vom Grubenherrn gespendet worden war."

„Portativ?", wiederholte der riesige Türsteher-Bergmann fragend, den Engel unterbrechend.

„Ja, ein Portativ ist eine kleine tragbare Orgel", erklärte ihm der Engel geduldig und fuhr fort:

„Einen Tag vor dem Heiligen Abend versammelten sich die Bergleute zur Mettenschicht in der Kaue. Das war der Umkleide- und Aufenthaltsraum. An der Decke hingen die ‚Bergspinnen', schlichte Deckenleuchter, aus einem Holzkreuz gefertigt. Es wurde gebetet, dem Herrn für das

vergangene Jahr gedankt, und da die Bergleute alles in ihre Sprache übertrugen, so hieß die Bibel die ‚Reiche Zeche‘, und der liebe Gott war der ‚Obersteiger aller Menschen‘ oder der Bergfürst. Dann wurde gefeiert, getrunken, gegessen, vorgelesen und manches schöne Lied gesungen. Ist es so richtig, lieber Schichtmeister?" fragte der Engel.

„Es hätte niemand besser erklären können", freute sich dieser, „aber nun laßt uns beginnen. Steiger, du bist dran."

„Wir haben uns hier versammelt in froher Runde", begann der Steiger, „und wir danken für das Jahr, es war gut und ergiebig, und keiner von uns mußte vor Ort bleiben, alle kehrten wir wohlbehalten zurück zu unseren Familien, und so möchte ich euch sagen:

Laßt Fäustel und Bohrer ruhn,
laßt das klingende Gezäh,
die Arbeit stehn,
der Herr gab uns ein herrlich Licht
zu unserer weihnachtlichen Mettenschicht."

Es folgte ein Moment der Stille, und dann sprach der Schichtmeister:

„Und nun laßt uns gemeinsam singen:
‚Glückauf, Glückauf,
Der Bergfürst ist erschienen,
Das große Licht der Welt,
Er heißet Rat, Kraft, Held!
Auf, eilt ihn zu bedienen,
Auf, Knappschaft, komm zuhauf,
Glückauf, Glückauf...‘"

Und während dieses Gesanges – ganz unbemerkt – breitete der Engel seine silbernen Flügel aus und schwebte davon, voll Erwartung auf die Ereignisse der dritten Nacht...

Die 3. Nacht

Die Geschichten der Bergparaden, der Bergspinnen und der Schwibbögen

Der kleine Engel saß an seinem Platz in der Bibliothek. Rings um ihn häuften sich die Bücher: große und kleine, solche mit viel Text und andere mit wunderschönen Bildern. Zu diesen gehörten jene schmalen Bände, die sich Museumsführer nannten. Es gab im Erzgebirge sehr viele Museen, in denen mit viel Liebe all die Dinge gesammelt wurden, die zur erzgebirgischen Heimatkunst zählen. Zum Beispiel in Schneeberg, in Annaberg, in Olbernhau und natürlich in Seiffen. Außerdem hatten die bekannten erzgebirgischen Handwerker oft Ausstellungsräume, in denen die Kunden sich genau aussuchen konnten, was sie gern für ihr Advents- und Weihnachtszimmer mitgenommen hätten.

Heute wollte der Engel ein Museum in Hohenstein-Ernstthal bei Chemnitz besuchen, das erst vor kurzem eingerichtet worden war. Von einem Sammler, der vor vielen Jahren seine Heimat verlassen hatte.

Dort wollte er noch mehr erfahren über den Bergmann, dessen Leben und Schaffen unter Tage in vielfältiger Form Gestalt genommen hatte in der erzgebirgischen Volkskunst. Die Räume in dem kleinen Museum im „Postgut", direkt am Marktplatz, waren gefüllt mit vielen tausend Einzelstücken. Lautlos schwebte der Engel hin zu einer großen Vitrine, in der ein prächtiger Zug von festlich geschmückten und gekleideten Bergleuten zu sehen war. „Das ist eine der vielen Bergparaden", sagte der Engel zu sich selbst und fuhr wie in Gedanken weiter fort, mit sich selbst zu sprechen:

„Beim großen barocken Bergaufzug im Jahre 1719 wur-

35

den die Prunkuniformen sozusagen festgeschrieben in einer Trachtenverordnung, die für die sächsischen Berg- und Hüttenleute galt. Jeder Bergmann hatte seinem Stande gemäß eine mehr oder weniger prachtvolle Uniform für festliche Anlässe. Was lag näher, als daß die erzgebirgischen Schnitzer und Drechsler solche Bergparaden darzustellen versuchten. Wobei oft der Phantasie keine Grenzen gesetzt waren und manche der Uniformen wohl farbenprächtig aussahen, aber nicht ganz der Historie entsprachen. Später hat man sich bemüht, die Uniformen so originalgetreu wie möglich zu gestalten."

Der Engel schaute sich den schönen Bergmannszug in dem großen Glaskasten an, und dann wandte er sich weiter, sein Blick blieb hängen an einem geschnitzen Bergmann. Die Farbe sah schon etwas stumpf aus, er hatte wohl schon einige Jahre auf dem Buckel...

„Oh, du bist ja schon eine Antiquität", staunte der Engel.

„Und du scheinst ein kleiner, neugieriger Engel zu sein", sagte der Bergmann mit seiner tiefen, rauhen Stimme so gar nicht schüchtern. „Was führt dich denn zu uns?"

Der Engel berichtete dem altehrwürdigen Bergmann von seinem Plan, und der Bergmann bedachte sich eine kleine Weile, dann sprach er:

„Das ist ein lobenswertes Unternehmen, denn auch ich stehe nur in diesem schönen Museum, weil ein ehemaliger Erzgebirgler vor vielen Jahren, nachdem er in das andere Deutschland geflohen war, anfing, die schönen Dinge aus Holz zu sammeln. Viel Zeit und wohl auch eine stolze Summe hat er aufgewandt für diese Sammlung. Und nun, da Deutschland wieder einig wurde, hat er vor Freude darüber seine wertvolle Sammlung diesem Museum geschenkt. – Aber was möchtest du denn von mir wissen? Du verzeihst, daß ich dich duze, aber wir beide sind wohl so alte Seelen, daß dies mir erlaubt ist."

„Es sei dir erlaubt", erwiderte der Engel, „und wenn du mich schon fragst, so hätte ich doch gern noch etwas über die Bergspinnen und über die Leuchter gewußt."

„Die Bergspinnen, ja die Bergspinnen", begann der alte Bergmann ganz versonnen, er war wohl gerührt von der Erinnerung an die damaligen schönen und feierlichen Stunden unter Tage. Und so erzählte er von den ersten sehr einfachen Bergspinnen: da wurde ein Holzstamm an der Stollendecke angebracht, gut einen halben Meter lang, und daran Lichterhalter befestigt. Später entwickelte sich daraus die Bergspinne, aus einem würfelartigen Holz ragten Stäbe, auf denen Kerzen befestigt wurden.

„Und diese Bergspinnen strahlten mit ihrem Licht an den Zechenheiligabenden, davon haben wir schon in der letzten Nacht erfahren. Weißt du aber noch mehr über die Entwicklung und Herstellung der Leuchter im Erzgebirge?" fragte der Engel.

„Wer so alt ist wie ich und so viel gesehen hat, schau dich nur um in diesem Museum, der weiß wohl einiges zu berichten über die Hängeleuchter aus dem Erzgebirge, denn diese an der Decke angebrachten Leuchter wurden immer aufwendiger und kunstvoller hergestellt, so daß sie sogar über die Advents- und Weihnachtszeit hinaus als ansehenswerter Zimmerschmuck dienten."

Und so erzählte der Bergmann, daß aus der einfachen Bergspinne wunderschön verzierte Leuchter sowohl aus Holz als auch aus anderen Materialien wie Metall und Glas entstanden. Bei den frühen Weihnachtsspinnen ragten aus einem kugeligen Rumpf die Spinnenbeine heraus, sechs oder acht an der Zahl, und waren versehen mit den Tüllen für die Kerzen. Aber schon bald kamen die besseren auf mit gebogenen Schenkeln, die dann behängt wurden mit Holzperlen, mit Glöckchen und mit allerlei schmückendem Zierat. Dann gibt es noch den Doppelleuchter, da werden in der Mitte zwei Holzkörper zum Befestigen der Leuchterarme übereinandergeordnet. Oft werden hier auch Figuren angebracht.

„Sicher auch Engel?" fragte der kleine Engel.

„Ja, ich habe schwebende Engel gesehen, aber auch Tiere und andere Figuren. Doch laß mich noch kurz etwas sagen über die s-förmig geschwungenen Lichterarme. Da

haben die klugen erzgebirgischen Drechsler einen gedrehten Ring in zwei Halbringe geteilt und diese Teile zusam-
mengefügt zu einer S-Form, fertig war einer der elegante-
sten und auch noch heute sehr beliebten Deckenleuchter.
Diese Leuchter wurden besonders schön geschmückt, mit
Glöckchen, mit Zapfen und vielerlei filigranem Schmuck.
Solche Leuchter, die mit geschwungenen Kugelketten ausgestattet waren und somit einer Königskrone ähnelten,
wurden Kronenleuchter genannt. Du findest viele solcher
Leuchter auch noch in den anderen bekannten Museen",
schloß der Bergmann seine Rede.

„Ich weiß, und schon bald möchte ich nach Seiffen ins
Museum gehen."

„Halt, bevor du dich mit den Pyramiden befaßt, solltest
du noch etwas wissen aus unserer Mettentradition, denn
wir schmückten nicht nur mit den Bergspinnen unsere An-
dachtsräume unter Tage."

„Du meinst sicher die Schwibbögen, davon habe ich
schon einiges gelesen, und so weiß ich, daß dieser Bogen
den Eingang zum Bergwerk, nämlich das Stollenmund-
loch, symbolisch verkörpern soll. Aber ich bitte dich, erzähl du mir einiges darüber."

Und der Bergmann berichtete, daß der Eingang in ein

Bergwerk wie ein Halbrund geformt war, und so haben die Bergleute am Mettenabend in den Hutstuben oder wo sie auch immer vor Ort ihre Andacht abgehalten haben, ihre mitgeführten Grubenlampen an der Wand bogenförmig aufgehängt. Das sah sehr feierlich aus. Daraus hat sich dann der aus Metall oder Holz gefertigte Schwibbogen entwickelt.

Der älteste überlieferte Schwibbogen stammt aus dem erzgebirgischen Bergbauort Johanngeorgenstadt, und er wird auf das Jahr 1730 datiert. Später galt der Schwibbogen als repräsentatives Geschenk für den Bergmeister und wurde in diesen Familien als kostbares Familienerbstück gehütet. Heute gibt es Schwibbögen in den verschiedensten Ausführungen. Der berühmte „Original Seiffener Schwibbogen" besteht aus 352 handgefertigten Einzelteilen und zeigt auf seiner linken Seite alte Volkskunst und auf der rechten Seite Spielzeug um die Jahrhundertwende. Er hat obenauf sieben Tüllen für die Kerzen sitzen. Andere Schwibbögen haben auch neun Kerzen, und heute gibt es auch viele, die mit elektrischen Kerzen ausgestattet sind, aber die sind wohl doch nicht so ganz traditionsgemäß.

„Ja, und dann gibt es doch auch Schwibbögen, die im Freien stehen", ergänzte der Engel. „In verschiedenen Bergbaustädtchen begrüßen sie am Ortseingang die Gäste, und abends leuchten Kerzen, in diesem Fall natürlich elektrische."

„Ja, das stimmt, und der Dresdner Weihnachtsmarkt des Jahres 1959 wurde von einem gewaltigen Schwibbogen überspannt", sagte der Bergmann.

„Die Nacht neigt sich dem Ende zu, und ich möchte mich bei dir, lieber Bergmann, herzlich bedanken für all das Wissenswerte."

„Du wirst noch viel erfahren über die schönen erzgebirgischen Bräuche, vor allem über die Pyramiden, so gehab dich wohl, und ich wünsche dir viel Erfolg, kleiner Engel."

Der Engel versprach, daß er auch über die Pyramiden berichten werde, sicher schon in der nächsten Nacht, und flog eilig davon...

Die 4. Nacht

Die Geschichte von den Laufleuchtern, auch „Pyramiden" genannt

Der Engel saß an seinem Platz im himmlischen Biblio-
thekssaal und stützte seinen Lockenkopf in beide Hände.
Heute konnte er wohl nicht hinausfliegen ins Erzgebirge,
denn vor ihm lag ein meterhoher Stoß von Büchern
und Heften, in denen überall etwas über die Entstehungsgeschichte der erzgebirgischen Pyramiden zu finden
war.

„Ach", stöhnte der kleine Engel, „das ist doch eine hal-
be Wissenschaft für sich, aber was hilft's, ich muß mich
wohl hindurcharbeiten."

Und er begann zu lesen und zu lesen. . .

Die Pyramiden? Eigentlich sind das doch die komischen
Bauten der Ägypter am Nil, aber Pyramide war doch auch,
wie jeder in der Schule gelernt hat, eine mathematische Be-
zeichnung für einen ganz bestimmten Körper mit einem
quadratischen Grundriß und vier schräg aufwärtsstreben-
den Seitenlinien, die oben zusammenstießen und so einen
Kegel bildeten.

Und diese Art Pyramiden stand im vorigen Jahrhundert
auf den Weihnachtsmärkten zum Verkauf. Das Holzgestell
war geschmückt mit Tannengrün, mit Silber- und Goldflit-
ter, oder auch mit Zuckerzeug besteckt. Vor allem in Berlin
wurden solche Pyramiden auf den Weihnachtsmärkten
feilgeboten, und sie waren in den wohlhabenden Kreisen
ein beliebter Schmuck für den Heiligen Abend und für die
festlichen Feiertage.

Doch schon in der zweiten Hälfte des vorigen Jahrhunderts verdrängte der Tannenbaum diese „Weihnachtspyra-
miden".

Ob diese Art Pyramiden einen ursprünglichen Zusammenhang haben mit den im Erzgebirge entstandenen Flügelpyramiden, läßt sich nicht ohne weiteres nachweisen. Denn bereits um 1585 schuf der Augsburger Uhrmachermeister Hans Schlottheim oder auch Schlotthammer eine mechanische Pyramide. Er war übergesiedelt nach Dresden und stellte sein Werk her für den Kurfürsten Christian I. Das Gehäuse war aus feuervergoldetem, getriebenem Kupfer- und Silberguß. Ein verborgenes Orgelwerk spielte die Melodien „Vom Himmel hoch" und „Joseph, lieber Joseph". Die Heiligen Drei Könige zogen zusammen mit den Hirten an einer schaukelnden Wiege vorbei.

Das Modell der von Warmluft angetriebenen Pyramide entstand im Erzgebirge erst um 1800. Es war meist ein stockwerkartig übereinandergelagertes Inneres eines Bergwerkes. So gibt es 1809 einen schriftlichen Nachweis über „4 bis 5 Stockwerke hohe Pyramiden, wo man das ganze Bergbauwesen, auch die Eisenhammer und Wasserkünste im völligen Gang sieht."

Da nun die Wiege der Pyramide im erzgebirgischen Bergbaugebiet liegt, so wurde vermutet, daß die bastelnden und schnitzenden Bergleute sich bei ihrer Konstruktion dieser „Drehleuchter", wie sie auch zu Anfang hießen, der Flügelräder erinnerten, die zur Bewetterung (Zufuhr von Frischluft) der Schächte dienten. Auch das Göpelwerk, also die Förderanlage in den erzgebirgischen Gruben, meist von Pferden angetrieben, kann Vorbild gewesen sein.

Wie dem auch sei, eines Tages drehten sich die Figuren in den Pyramiden, und es waren keinesfalls gleich zu Anfang jene aus der Weihnachtsgeschichte. So stehen zum Beispiel im Freiberger Bergbaumuseum frühe Pyramiden aus dem Anfang des vorigen Jahrhunderts, die typische Szenen aus dem Bergwerksleben zeigen: Bergleute in Arbeitskleidung, ausgerüstet mit der Blendlaterne, aber auch Szenen aus dem alltäglichen Landleben sind zu finden sowie Parforcejagden, und als eines der ersten biblischen Motive Adam und Eva. Denn die kunstvoll konstruierten Pyramidenaufbauten standen oft in einer Art „Paradiesgarten", von Zäunen eingerahmt.

Wahrscheinlich war es den Künstlern wichtiger, eine vom Äußeren sehr aufwendige Pyramide zu erschaffen, und die Bestückung mit Figuren war von zweitrangiger Bedeutung...

„Ach", seufzte der Engel und blickte von dem dicken Buch auf, „ach, und ich glaubte, die Pyramiden seien immer mit den Figuren der Weihnachtsgeschichte geschmückt worden. Mit den Figuren der Pyramiden muß ich mich wohl ein andermal befassen. Wird es doch schon bald wieder Tag, und ich möchte noch einiges erfahren über die verschiedenen Formen der Pyramiden."

Und er beugte sich wieder ganz tief über sein dickes Buch...

Die älteste Bauform war wohl die Stabpyramide in Anlehnung an die mit Tannengrün besteckten Pyramiden ohne Welle und Teller für Figuren. Schon bald aber setzte sich der klar gegliederte Stockwerkaufbau der Stufenpyramide durch.

Daneben gibt es noch die Göpelpyramiden, die am besten den Bezug zum Bergbau erkennen lassen. Das Pyramidengestell erinnert an die bergmännischen Zimmermannskünste. Ab dem 15. Jahrhundert wurden mit Hilfe der Göpelwerke die Erzförderung betrieben und die Stollen entwässert. Weitere Bauformen sind die Ständerpyramide, die Turmpyramide und die Hängepyramide.

Grundsätzlich ist allen Pyramiden der Säulenbau zu

43

eigen, schon um den Blick auf die Figuren freizugeben, wobei diese Durchblicke in Form von Torbögen und oft reich verziert und verschnörkelt hergestellt wurden. Auch das Anordnen der Kerzen, immer auf Lücke, wenn sie auf mehreren Stockwerken angebracht waren, führte zwingend zu geometrischen Formen der Pyramiden.

Die einfachste und wenig verspielte Form war wohl die Ständerpyramide. Sie bestand meist nur aus der senkrechten Welle und den sich drehenden Tellern, deren Größe sich meist nach oben verjüngte.

Auch bei der Stockwerkpyramide verjüngen sich die einzelnen Etagen, so daß ein terrassenförmiger Aufbau entsteht. In unserem Jahrhundert entwickelten die Pyramidenbauer immer mehr Phantasie, und so entstanden Turmpyramiden, berühmten Bauten nachempfunden, wie zum Beispiel dem Ulmer Münster, aber auch barocke Bauten dienten als Vorbild. Heute noch am bekanntesten dürfte die Seiffener Kirche sein, die als einstöckige Pyramide große Verbreitung fand. Erwähnenswert sei noch, daß besonders bei der Stufen- und Stockwerkspyramide die Farben weiß, grün und rot verwandt wurden. Es gibt aber auch sehr viele Modelle, die naturfarben belassen sind.

Eine ganz besondere Form ist die Wendeltreppenpyramide. Die Stockwerks-Teller werden ersetzt durch eine sich um die Mittelspindel windende Treppe, auf der die Figuren stehen. Eine solche Pyramide schuf der 1938 verstorbene Annaberger Büchsenmacher Gustav Grummt. Bei der Drehbewegung entsteht so der Eindruck, die Figuren würden aufwärts steigen.

In unserem Jahrhundert kam noch eine besonders schöne Pyramide dazu: das Adventshaus. In einem nach typischer erzgebirgischer Bauweise geschaffenen Haus, das nach vorn offen ist, dreht sich im Erdgeschoß ein großer Teller, die Weihnachtsgeschichte zeigend, und an der Hausfront der weiteren Stockwerke lassen sich zum jeweiligen Advent Fensterchen öffnen, die Szenerien der Adventszeit zeigen, insgesamt also vier, wobei zum Beispiel der vierte Advent den Blick auf einen weiteren Teller freigibt, auf dem Engel oder andere Figuren kreisen.

Eine andere interessante Form ist die Hängepyramide. Sie mag wohl deshalb sehr verbreitet gewesen sein in den Stuben der Erzgebirgler, da die kleinen Räume oft wenig Platz boten für ausladenden Weihnachtsschmuck. Sie wurden auch „Drehleuchter" genannt, und es gibt deren zwei Arten:

Bei den einen ist das Hängegestell fest verankert, und nur das Innenteil mit den Tellern dreht sich durch die aufsteigende Warmluft der Kerzen. Im zweiten Bausystem dreht sich der gesamte Aufbau mitsamt den Kerzen.

Allerdings besteht hier die Gefahr, daß die Kerzen durch den so entstehenden „Fahrtwind" zu tropfen anfangen. Außerdem muß beachtet werden, daß solche Pyramiden nur in Gang gesetzt werden dürfen, wenn der Abstand zur Decke genügend groß ist, um ein Rußeinschwärzen des weißen Plafonds zu vermeiden.

Zum Abschluß noch ein paar Hinweise auf die Lichtquellen der Pyramide:

Zu Beginn des 19. Jahrhunderts wurden vorrangig Leuchtspäne und Öllämpchen verwendet. Die ärmeren Schichten, vor allem in den Dörfern, bevorzugten Leuchtspäne, da diese reichlich zur Verfügung standen.

Weiter wurden Öllämpchen benutzt, wobei pflanzliche Öle Vorrang hatten, wie zum Beispiel Rüböl. Später dominierte das aus Erdöl hergestellte Petroleum. Auch Talgkerzen waren noch erschwinglich.

Wachskerzen, die aus Bienenwachs gezogen wurden, waren für den größten Teil der Bevölkerung nicht er-

schwinglich, auch nicht zur festlichen Weihnachtszeit. Sie blieben den besseren Kreisen vorbehalten.

Die einfachen Leute begnügten sich mit den aus minderwertigen Fetten hergestellten Inseltlichtern. Diese erzeugten beim Abbrennen einen lästigen Qualm, der außerdem noch sehr unangenehm roch. Aber sie waren billig!

Die Erfindung, Kerzen aus Stearin und Paraffin herzustellen – sie datierte in der Mitte des vorigen Jahrhunderts –, machte es möglich, das Weihnachtsfest zum Kerzen- und Lichterfest zu gestalten.

In Chemnitz wurden in den Tageszeitungen diese neumodischen Kerzen das erstemal im Jahre 1838 angeboten, in Annaberg um 1840. Zusammen mit den Kerzen wurden die Lichtertüllen der Pyramiden aus Blech oder aus Holz hergestellt. Seit den dreißiger Jahren gibt es Kerzenhalter, die so gestaltet sind, daß sie am Fuße der Pyramide in genau passende Schlitze geschoben werden können. Dies war sehr vorteilhaft sowohl für das Verpacken der wertvollen Pyramiden als auch für das Aufbewahren.

In der zweiten Hälfte des 19. Jahrhunderts werden im Erzgebirge Schnitz- und Bastelvereine gegründet, es gibt Ausstellungen, es gibt Wettbewerbe für die schönste oder größte Pyramide, wobei solche Ausschreibungen nicht unbedingt der Güte und Tradition der Heimatkunst dienten.

Und in den Museen von Schneeberg, Annaberg, Freiberg und Seiffen finden sich Sammlungen altehrwürdiger Pyramiden...

„Damit kann ich mich in der nächsten Nacht befassen, auch mit den Figuren der Pyramiden. Also morgen nacht fliege ich ins Erzgebirge, denn jetzt tagt es bereits, und ich muß Schluß machen."

Sprachs und räumte die vielen, vielen Bücher zurück in die Regale...

Die 5. Nacht

Die Geschichte
von
den Pyramiden

Fortsetzung

Der kleine Engel hatte sich gut gewappnet für seine nächtliche Reise. Da er der Nacht entgegenflog, also vom Westen nach Osten, wollte er einigen der großen Ortspyramiden einen kleinen Besuch abstatten.

Mitte der dreißiger Jahre veranstalteten vor allem die Schnitzer und Bastelvereine Wettbewerbe und schufen Pyramiden von beträchtlichen Ausmaßen, die mitten in den kleinen Dörfern und Städten standen, zumeist auf dem Marktplatz oder einem anderen markanten Punkt. Einige von ihnen gibt es heute nicht mehr, sie wurden aber bald durch neue ersetzt. Vor allem nach dem zweiten Weltkrieg entstanden viele solcher Pyramiden.

Der Engel flog also getrost nach Osten, überquerte die einstige unselige Grenze, die deutsches Land und Kulturgut trennte, aber da Engel nicht in Grenzen denken oder gar leben, wurde ihm das gar nicht bewußt, und er steuerte als erstes im westlichen Erzgebirge die Bergbaustadt Schneeberg an. Langsam überflog er den Marktplatz und sah unter sich die acht Meter hohe Pyramide stehen, die in den sechziger Jahren von einer Schnitzergemeinschaft in Form eines Wismutförderturms gebaut worden war. Nach dem zweiten Weltkrieg wurde unter Leitung der sowjetischen Wismut AG hier in Schneeberg Uran gefördert, allerdings in sehr geringen Mengen, jedoch sehr kostenaufwendig. Ein dunkles Kapitel erzgebirgischer Bergwerksgeschichte; und schnell flog der Engel weiter nach Osten, nach Aue. Seit 1635 wurde hier Bergbau betrieben, man förderte Kobalt, Nickel und Wismut.

Bald fand er den Marktplatz, es war eine sternenklare Nacht, und so entdeckte er dort die gewaltig mächtige Pyramide, sieben Stockwerke zählte sie und war ausgestattet mit vielen elektrischen Kerzen, auch wurde sie elektrisch betrieben, aber jetzt stand sie still und stumm, und so ruhten auf den einzelnen Stockwerken die Handwerker, die Bauern und vor allem die Bergleute aus, standen still auf ihren Plattformen.

„Hallo, ihr lieben Bergleute", grüßte der Engel die größten Figuren auf der untersten Plattform.

„Ein Engel, sei uns willkommen", sprach einer der Bergleute er trug eine schmucke weiße Uniform. „Was führt dich zu uns?"

Der Engel erklärte ihnen in kurzen Worten sein Anliegen, und daß er jetzt auf dem Weg zum Spielzeugmuseum in Seiffen sei.

„Du solltest unterwegs noch andere Ortspyramiden besuchen."

„Ich werde dabei leider zu viel Zeit verlieren", gab der Engel zu bedenken.

„Aber du solltest Chemnitz nicht auslassen, da steht eine Pyramide, die ist viel höher, nämlich fast 13 Meter, während wir uns mit 7 Metern begnügen", sagte der weißuniformierte Bergmann und fuhr fort, „aber nicht, daß du denkst, die Höhe sei das Wichtigste. Nein, auch die Bauweise ist etwas Besonderes. Wir stehen in einer schönen Stufenpyramide, deren Stockwerke nach oben hin akurat immer kleiner werden. Aber die Chemnitzer ist eine mächtige Stabpyramide. Sie wurde 1986 eingeweiht, und gebastelt und gebaut haben sie Schnitzzirkel verschiedener Betriebe in Grüna und Chemnitz."

„Du bist sehr gut informiert", staunte der Engel.

„Man hört so einiges", erklärte der Bergmann, „wenn die Schaulustigen tagsüber uns bewundern und dabei von anderen Ortspyramiden erzählen."

Der Engel schaute auf die Zeit, nein, nicht auf eine Armbanduhr, sondern er schaute auf die Zeit am Firmament, las von den Sternen die Nachtstunde ab und bedauerte: „Ich muß mich sputen, wenn ich meine Arbeit schaffen will. Lebt wohl, und Danke für das Gespräch."

Während er weiterflog, erinnerte er sich daran, daß er in einem der Bücher eine umfangreiche Aufstellung gefunden hatte, in welchen Orten in Sachsen um die Weihnachtszeit Pyramiden im Freien stehen, so wie es in den alten Bundesländern Brauch ist, auch in den kleinsten Dörfern Christbäume zur Adventszeit aufzustellen. Wer Zeit und Muße hat, so dachte der Engel, und wer vor allem Kinder hat, für den lohnt es sich, einmal mit der Familie durchs Erzgebirge um die Weihnachtszeit zu fahren...

Da lag schon Seiffen unter ihm, leicht überzuckert die Dächer mit einem Hauch von Schnee, der gerade zur Weihnachtszeit das kleine erzgebirgische Zentrum der Spielwarenherstellung zu einem romantischen Postkartenmotiv verzauberte. Ganz deutlich zu erkennen die kleine Dorfkirche mit ihrem achteckigen Dach. Und da vorne war auch schon der Bau des berühmten Seiffener Museums. Wie das Engeln so eigen ist, gelangte er ohne Schwierigkeiten ins Innere und stand im Erdgeschoß in dem großen Ausstellungsraum, dessen Mitte die große, über 6 Meter hohe Pyramide zierte. Sie reichte bis in den 1. Stock und wurde dort eingerahmt von dem Galerie-Rundgang.

Es war fast dunkel in dem Raum, der sternenklare Himmel ließ nur wenig Licht herein, aber der Engel verbreitete sein strahlendes Licht und erkannte alles sehr genau. Im Erdgeschoß, also auf dem untersten Drehteller der großen Pyramide, entdeckte er eine Holzeisenbahn.

„Ach, du lieber Gott, das ist ja eine richtige Spielzeugeisenbahn", entfuhr es ihm.

„Ja, ich bin eine richtige Spielzeugeisenbahn", brummte die Lokomotive.

„Ach, du lieber Gott", wiederholte der Engel, „und sprechen kann sie auch, das ist ja wie im Märchen."

„Natürlich ist das wie im Märchen, wie denn sonst, aber sag, du kleiner Engel, was führt dich hierher?"

„Die Pyramiden, die altehrwürdigen Pyramiden, die dort an der Wand stehen."

Und tatsächlich, dort standen wunderschöne Sammlerstücke, zum Teil aus dem letzten Jahrhundert: Es waren an die zehn Pyramiden, eine kostbarer als die andere, und manche der drei- bis siebenstöckigen altehrwürdigen Unikate waren wohl an die zwei Meter hoch. Ja, es waren alles Unikate, also Einzelstücke, gefertigt von geschickten Bastlern und Schnitzern der Umgegend, und sie stammten aus dem 19. Jahrhundert, einige waren auch jünger.

Heute, so erinnerte sich der Engel, während er an diesen wunderschönen Pyramiden vorbeiflog, also heute war die Fertigung der Pyramiden schon längst gewerblich, und von jedem einzelnen Entwurf entstanden oft sehr große Stückzahlen, anders war das schon vom Preis her nicht mehr zu machen. Da aber die erzgebirgischen Pyramidenbauer wahre Künstler und ihrer Tradition sehr verhaftet sind, werden diese Entwürfe neuerer Pyramiden genauso liebevoll und handwerklich vollendet gestaltet wie jene Einzelarbeiten vergangener Zeiten.

Die gewerbliche Herstellung der Pyramiden setzte erst Anfang des 19. Jahrhunderts ein. Schließlich mußte auch ein Bedürfnis da sein, und so stellten die kleineren Pyramidenbauer bis zu hundert Pyramiden im Jahr her, größere Betriebe brachten es auch auf höhere Stückzahlen.

Der Engel kehrte zurück zur Spielzeugeisenbahn und fragte:

„Weißt du überhaupt, wann du mitsamt der über 6 Meter hohen Pyramide geboren wurdest?"

„Das ist schon eine Ewigkeit her", schnaufte die Lok,

„und ich muß Tag für Tag fahren, – immer im Kreis herum."

„Freilich mußt du viel fahren, aber so uralt bist du nun auch nicht. Im Jahre 1935 gab es eine Spielzeugwerbeschau in Seiffen, und extra für diese Ausstellung wurde diese über zwei Stockwerke reichende Pyramide errichtet. Das erklärt auch die Ausstattung mit Figuren. Im fünften Stockwerk das Gänseliesel mit den Gänsen, darunter die Reiter auf den kleinen Schaukelpferden, und weiter unten Waldarbeiter und Förster und noch weiter unten Hirsche und Rehe, und auf dem untersten und größten Teller die Eisenbahn."

„Ja, das bin ich, aus Holz gearbeitet."

„Nicht immer waren die Figuren aus Holz gearbeitet."

„Das weiß ich", brummte die Lok, „davon wird hier bei Führungen außerordentlich viel erzählt, soll ich es dir auch erzählen?"

„Oh, das wäre fein", freute sich der Engel.

Und so berichtete die Lokomotive sehr ausführlich von den Figuren der Pyramiden.

„Man könnte wohl meinen", so hub sie an, „daß es wichtig war, Figuren zu schaffen, die sich eigneten und Sinn zeigten für die Drehbewegung. Aber das war keinesfalls so unbedingt der Fall. Es ging nicht nur darum, auf den einzelnen Tellern Figuren zu plazieren, denen die Bewegung zu eigen ist, also zum Beispiel Tiere des Waldes, Rehe und Hirsche, nein, es ging vor allem auch darum, durch die Drehbewegung der Teller dem Betrachter die Möglichkeit zu geben, von einem Standpunkt aus alle Figuren in Ruhe anschauen zu können.

Was die Figuren selbst betrifft, so begegnet man bei den ältesten Pyramiden der Arbeitswelt des Bergmannes, also dem Geschehen im Erzbergbau. Mit dem Niedergang und dem Aussterben der Gruben wurde es dann allerdings für die Schnitzer immer schwieriger, Bergleute, wie Hauer, Obersteiger, Bergknappen usw., in ihrer Arbeitskleidung und ihren Paradeuniformen so echt darzustellen wie sie einst vor 100 oder mehr Jahren bekleidet waren. So entwickelten die Figurenschnitzer oft ihre eigenen Phantasien, was aber der gestalteten Qualität keinen Abbruch tat. In unserer Zeit, als der Uranbergbau vorangetrieben wurde, entstanden Figurengruppen zu diesem Thema, die vor allem bei im Freien aufgestellten Pyramiden zu finden sind."

„Wie zum Beispiel die große Pyramide in Schneeberg", warf der Engel ein und ergänzte, „aber das war nicht das einzige Thema in der Darstellung der Figuren."

„Wenn du etwas darüber weißt, dann erzähl du mir bitte weiter", bat die Lokomotive und schnaufte tief durch. So langes Reden tat ihr nicht gut, sie war doch vom vielen Herumfahren im Kreis über die Jahre recht kurzatmig geworden.

„Ja, da gibt es noch eine große Gruppe, über die ich wohl am besten Bescheid wissen muß", hub der Engel an, „und das sind die Motive der christlichen Weihnachtsgeschichte. Schon früh gab es Krippendarstellungen, die nicht unbedingt für Pyramiden geschaffen waren. Für diese eigneten sich besonders der Zug der Heiligen Drei Könige, die Hirten mit den Schafen und nicht zu vergessen die Soldaten des Herodes. Im vorigen Jahrhundert gab es die Figuren einzeln zu kaufen, angeboten wurden sie von Seiffener Spielwarenhändlern. Die Schnitzer bemühten sich um wirklichkeitsgetreue Wiedergaben der biblischen Szenen.

Später und vor allem in unserer Zeit wurden bei fast allen Pyramiden die Figuren fest verklebt auf den Tellern, und damit alles auch seine systematische Richtigkeit hatte, wurden in einem Bereich das Jesuskind, Maria und Josef mitsamt den Heiligen Drei Königen gezeigt, meist im Erdgeschoß der Pyramide und in weiteren Stockwerken Hirten, Soldaten, Engel, Kurrende-Sänger, so von der Herrlichkeit der Geburt Christi erzählend."

„Und trotzdem gibt es noch eine große dritte Gruppe an figürlicher Darstellung", hakte jetzt die Lok wieder ein, und der Engel ließ sie gewährend weitererzählen:

„Die Erzgebirgler benutzen auch sehr gern Motive aus ihrem alltäglichen Leben, so entstanden Waldarbeiter, Pilzsammler, Förster und allerlei Getier aus dem Wald. Weiter gab es Handwerker und Bauern oder eine Reisigfrau, sowie Szenen aus dem winterlichen Erzgebirgsdorf mit spielenden Kindern.

In der heutigen Zeit findet sich auf solchen kleineren Pyramiden der Weihnachtsmann auf einem Schlitten voller Geschenke, gefolgt von Kindern, oder sogar Wintersportler fahren hurtig im Kreis herum. Kurz, es gibt eine schier unglaubliche Vielfalt."

„Wir wissen aber noch nicht, daß die Figuren von Anfang an aus vielerlei Material hergestellt wurden", ergriff jetzt wieder der Engel das Wort. „Zu Anfang war es recht preiswert, die Figuren aus einer Masse herzustellen, deren Bestandteile Gips, Kreide und Wachs waren. Später, als der Werkstoff Pappmaché bekannt wurde, stellte man Modeln aus Holz her und preßte darin die Figuren. Bereits Anfang des 19. Jahrhunderts entstanden hier solche Fabriken."

„Ich glaube", so ergänzte schnell die Lokomotive, „daß bei einigen der kostbaren Austellungsobjekte da drüben an der Wand manche Figuren aus solchen Materialien sind. Doch am schönsten sind immer noch die aus Holz geschnitzten oder gedrechselten Figuren, die auch heute weitgehend verwendet werden."

„Ja, das hast du gut gesagt, heute werden die Figuren wieder aus Holz hergestellt und vor allem sehr schön bemalt", sagte der Engel und fügte noch hinzu, „aber meine Zeit ist knapp bemessen, ich muß jetzt leider zurück. Es war sehr vergnüglich, liebe Spielzeuglokomotive, mit dir zu sprechen."

„Ach, auch ich danke dir für diese Abwechslung, du weißt ja gar nicht, wie froh ich darüber war. Manchmal ist es doch ziemlich langweilig, hier Tag für Tag immer im Kreis herumzufahren, auch wenn man so allerlei von den Besuchern aufschnappt. Aber letztlich geht es mir doch noch besser als den Pyramidenfiguren, die draußen stehen müssen auf den Marktplätzen, bei jedem Wetter, bei Frost und Schnee."

„Ja, du hast recht, und deshalb sind manche der schönen alten Freipyramiden heute nicht mehr zu sehen, wie zum Beispiel die schöne Pyramide in Annaberg. Doch die Erzgebirgler sind große Optimisten, sie bauen immer wieder neue Pyramiden, die von der geschickten Handwerkskunst der Einheimischen zeugen..."

Mit diesen Worten entschwebte der Engel, kehrte zurück, um das nächste Kapitel aufzuschlagen in den dicken Büchern der himmlischen Bibliothek.

Die Geschichte vom Nußknacker

In der großen himmlischen Bibliothek träumte sich der Engel in dieser Nacht in eine erzgebirgische Werkstatt, wo es im Ausstellungsraum viele Nußknacker zu sehen gab, und im Handumdrehen war er dort angelangt...

„Ich bin der König", sagte eine der Figuren, als der Engel mit seinem strahlenden Licht den Raum erhellte, „und ich frage diesen Engel, warum er mit seinem Licht unsere Nachtruhe stört."

Der Engel schaute sich den Redner an, ja, es war ein Prachtstück von einem königlichen Nußknacker, mit einer Goldzackenkrone auf dem Kopf, einem glänzend rotlackierten Wams, versehen mit Goldtupfen als Knöpfe.

„Ja, du bist ein sehr schöner König", antwortete der Engel freundlich und erklärte all den Figuren, die da auf den Podesten und Regalen herumstanden, sein Anliegen.

„Ja, wenn das so ist", brummte der König gnädig, „dann wollen wir dir gern zuhören und notfalls Rede und Antwort stehen."

„Tu das, mein lieber junger König, denn du bist ein sehr junger König."

„Was soll das heißen, ein junger König, wir Könige sind uralter Adel, wenn nicht noch älter."

„Sicher, aber ein uralter Nußknackerkönig hat an seinem Hut die goldenen Zacken mit der Spitze nach oben gemalt."

„Dummes Zeug, meine Zacken zeigen nach unten, basta."

„Ich werde es euch erklären."

Und der Engel erzählte ihnen, daß nach dem Vorbild des Bergmannshutes die Kopfbedeckung der Nußknacker an der Drehbank enstand. Dann wurde sie schwarz lackiert, und erst so durfte sie einen König zieren, mit goldenen Zacken, die nach oben wiesen. Fleißige und geschickte Frauenhände haben das bewirkt, aber es zeigte sich bald, daß es einfacher und schneller zu malen war, wenn die Zacken nach unten zeigten. Es mußten doch oft viele hunderte von Nußknackern bis zur Adventszeit fertig lackiert sein.

„Ich bin ein alter König", erklang da ein leise klirrendes Stimmchen aus einer Glasvitrine. „Ich bin ein Familienerbstück, einer der ersten Nußknackerkönige, die hier hergestellt wurden. Seht nur, meine Zacken zeigen nach oben, und zwischen den Zacken sind auch noch goldene Punkte gemalt."

Der Engel bedankte sich höflich bei dem Erbstück, bat aber nun um Ruhe, damit er noch mehr berichten könne über die Geburt eines Nußknackers.

„Also", so begann er, „den Hut haben wir, manchmal war er auch nach oben gerundet wie die Pickelhaube eines Polizisten. Die Nase wird aufgeklebt und wurde extra im Reifen gedreht. Der ganze Körper, vom Drechsler Korpus genannt, wurde auf der Drehbank herausgearbeitet.

„Hihi", kicherte da ein kleines Nußknackerlein, kaum fünf Zentimeter hoch.

„Was lachst du da?" fragte der Engel sehr streng.

„Hihi, ich denke daran, wie mich das gekitzelt hat, als da mein Bäuchlein schlank und rank zurechtgedreht wurde."

„Du bist gar kein richtiger Nußknacker, du bist ein Souvenir-Nußknackerlein, dich verwendet man gern als Mitbringsel zum Verschenken oder hängt dich an den Adventsstrauß oder an den Weihnachtsbaum. Außerdem gibt es dich erst seit gut zwei Dutzend Jahren. Aber nun bitte ich um Ruhe."

Der Engel fuhr fort und erzählte, daß ein Nußknacker auf einem viereckigen oder runden Sockel zu stehen habe, und aufgeklebtes weißes oder schwarzes Kaninchenfell diene als Haar, Perücke oder Bart.

Die Lieblingsfarben waren ein kräftiges Blau für Polizisten zum Beispiel, ein strahlendes Rot oder auch Weiß für die Könige, dunkelgrün für Jäger, ein sattes Gelb für Hosen, ein tiefes Schwarz für Stiefel und viel Gold für die Verzierung der Tressen stolzer Husaren.

Das Allerwichtigste aber war der Knackhebel, dessen Drehachse ein kräftiger Zimmermannsnagel war.

„Eine Stricknadel kann auch zum Drehen verwendet werden", rief da vorlaut eine Pyramide aus den hinteren Regalen.

„Ja, du hast recht, aber von euch wissen wir bereits alles", rief der Engel, und man merkte es ihm an, seine Engelsgeduld wurde sehr strapaziert.

„Also der Knackhebel wurde bemalt mit kräftig fletschenden Zähnen, die jeden davon überzeugten, daß keine Nuß diesem Gebiß widerstehen konnte.

Wißt ihr überhaupt, warum die Nuß gerade um die Weihnachtszeit so eine bedeutende Rolle spielt?" fragte der Engel, froh darüber, daß wohl keiner in der Runde eine Antwort wußte. Aber da hatte er sich getäuscht.

„Weil sie gut schmeckt", tönte es wieder mit leichtem Klirrklang aus der Glasvitrine, „und ich hab oft ein Gedicht gehört, da heißt es: ‚Äpfel, Nuß und Mandelkern essen fromme Kinder gern.'"

Der Engel mußte lächeln und war froh, daß er, so gut an Kenntnis und Wissen gerüstet, sogleich ergänzen konnte:

„Das hast du dir gut gemerkt, Nußknacker aus der Ahnengalerie. Diese schöne Zeile stammt aus dem Gedicht ‚Knecht Ruprecht' von Theodor Storm. Das war ein berühmter Dichter aus Norddeutschland, und der lebte im vorigen Jahrhundert. Damals spielten Nüsse eine große Rolle unter den weihnachtlichen Geschenken.

Ihr müßt wissen, die Nuß ist ein besonders wertvolles Nahrungsmittel, und außerdem verkörperte sie mit ihrer harten Schale und der Frucht im Inneren das Sinnbild des erwachenden neuen Lebens, so wie das Jesuskind in der hölzernen Wiege auch den Keim des Neuen bedeutet.

Früher gab es in unseren Landstrichen sehr viele Haselnußsträucher, heute findet man sie immer seltener, und leider werden gerade die Haselnüsse schon fertig geknackt aus fremden Ländern bei uns eingeführt, obwohl die meisten von euch durchaus in der Lage wären, mit ihrem starken Gebiß sogar die teuren Walnüsse zu knacken, die noch im vorigen Jahrhundert einen absoluten Luxus darstellten und nur den Reichen vorbehalten waren. Die meisten von euch werden kaum eine Nuß zu knacken bekommen, denn eure Besitzer erfreuen sich daran, euch aufzustellen unterm Weihnachtsbaum oder auf dem geschmückten Adventstisch."

Ringsum erklangen knirschende Geräusche, wahrscheinlich versuchten die Nußknacker, die Zähne aufeinanderzupressen, als wollten sie eine Nuß knacken.

„Es gab aber schon immer und vor euren Zeiten Zangen und Hebel, mit denen Nüsse geknackt wurden", fuhr der Engel ungerührt fort. „Dazu kamen Vögel- und Fischmotive, aber auch nüsseknackende Eichhörnchen waren sehr beliebt. Vor allem im hohen Norden, nämlich in Skandinavien und England, existierten gußeiserne Modelle. Gedrechselte und bemalte, so wie ihr sie verkörpert, entstanden hauptsächlich in Deutschland in der Rhön, in Thüringen und natürlich im Erzgebirge.

„Aber wir sind die besten und schönsten und auch die bekanntesten Nußknacker", rief da ein Förster, dessen Joppe tannengrün leuchtete, vorn mit braunen Knöpfen verziert.

„Heute wird das wohl stimmen, aber früher, so im 18. Jahrhundert, als die ersten Nußknacker entstanden, da waren das ganz grausliche Gestalten, Bucklige und Hexen und Tiergestalten. Ein berühmter deutscher Schriftgelehrter namens Grimm, der das erste deutsche Wörterbuch

schrieb, vermerkte dort: ‚Nußknacker begegnet man oft in der Gestalt eines unförmigen Männleins, in dessen Mund die Nüsse durch Hebel oder Schrauben aufgeknackt werden.' Später kamen Türken, Musketiere, Polizisten, Soldaten, Feuerwehrmänner, Husaren, Wachsoldaten dazu und natürlich auch unser König Nußknacker."

„Wird auch Zeit, daß man an micht denkt", beschwerte sich der König mit dem roten Wams.

„Es gab aber auch sogenannte komische Figuren, zum Beispiel Napoleon als Nußknacker, das sollte verdeutlichen, daß dieser grandiose Feldherr wohl manche harte Nuß zu knacken hatte, als er Hals über Kopf aus Rußland fliehen mußte. Selbst heute werden bekannte Politiker als Nußknacker dargestellt."

„Zu meiner Zeit", so klirrte es aus der Glasvitrine, „wo man noch nach oben kuschen und buckeln mußte, da wurden oft unbeliebte Vertreter der sogenannten Obrigkeit als Nußknacker dargestellt. Es wurde ihnen vom einfachen Volk gegönnt, recht harte Nüsse zu knacken."

„Aber das hat dem Nußknacker keinesfalls geschadet, denn selbst in der Literatur hat er seinen Platz gefunden. Ein ganz berühmter Dichter namens E. T. A. Hoffmann schrieb um 1800 ein sehr schönes romantisches Weihnachtsmärchen für Kinder, betitelt ‚Nußknacker und Mäusekönig'. Dort mußte der Nußknacker das Spielzeugland verteidigen gegen den bösen Mäusekönig. Und etwas später hat ein Arzt, der ebenfalls Hoffmann hieß, eine wunderschöne Bildergeschichte für seine Kinder geschaffen: ‚König Nußknacker und der arme Reinhold'. Auch hier erscheint der Nußknacker als gütiger Herrscher, der das Spielzeugland regiert. Ja, und dann lebte um die gleiche Zeit ein bedeutender russischer Komponist, der hieß Peter Iljitsch Tschaikowski, und er schuf die Musik zu einem Ballett namens ‚Der Nußknacker'. Zu dieser Musik gehört eine Suite, deren Aufführung noch heute in Amerika, in den Vereinigten Staaten, zur Weihnachtstradition zählt. Dort gibt es sogar Sammlerklubs, die alle möglichen Nußknacker sammeln, angeblich soll es sogar die Mickey

Mouse als Nußknacker geben. Ich glaube, daß schon sehr viele von euch hinausgezogen sind in die weite Welt, nicht nur nach Amerika, sondern bis nach Australien und bis an den Nordpol, um dort von der feinen Handwerkskunst des Erzgebirges zu künden."

Der Engel schwieg, und auch die Figuren ringsum blieben stumm, endlich faßte sich der König ein Herz und sagte sehr ehrerbietig:

„Verzeih, hochgeschätzter Engel, wenn ich anfangs etwas unwirsch mich beschwerte über dein plötzliches Kommen, aber diese Nacht, da du uns so kurzweilig munter gehalten hast und uns so viel erzählen konntest, werden wir nicht so schnell vergessen. Nimm unseren huldvollsten Dank entgegen."

Am liebsten hätte sich der König jetzt ein wenig verneigt, aber das wäre ihm sicher schlecht bekommen, vom Podest zu stürzen und sich gar die hölzerne angeleimte Nase zu brechen.

Der Engel bedankte sich artig für dies schöne Lob und flog zurück zur himmlischen Bibliothek...

Die 7. Nacht

Die Geschichte
von den Reifendrehern

„Es gibt also sogar richtige Wunder in Seiffen", flüsterte der Engel und vertiefte sich in seine Lektüre: „Da entsteht an der Drechselbank ein Holzreifen, ein ganz gewöhnlicher Holzreifen, und dann, o Wunder, wird er an einer Stelle durchgeschnitten, etwas auseinandergebogen, und was ist zu sehen? Wunder über Wunder", wiederholte der kleine Engel staunend, „zu sehen ist ein Pferd, eine Kuh, die Umriße eines Schafes oder gar eines Elefanten..."

Die Reifendreherei ist eine besondere Kunstform der Drechselei und nur bekannt im Spielzeugdorf Seiffen und den Nachbarorten Deutscheinsiedel und Deutschneudorf. Ende des 19. und Anfang des 20. Jahrhunderts hatte sie ihre Blütezeit und eine enorme Bedeutung für die Seiffener Spielzeugindustrie. Ähnlich wie bei den Pyramiden ist auch hier die Entstehungsgeschichte nicht ohne weiteres zu erkennen. Wahrscheinlich hat es sich nicht um eine plötzliche geniale Erfindung eines Drechslers gehandelt, es ist wohl eher ein langsamer, sich zur künstlerischen Hochform entwickelnder Prozeß gewesen.

Wahrscheinlich wurden aus den ersten hergestellten Reifen nur einfache Kleinteile gefertigt, wie zum Beispiel Schwänze und Ohren für Tiere und Arme und Beine für kleine Figuren. Erst nach und nach wagten sich die Reifendreher an immer schwierigere Formen heran. Es ist also nicht zu vermuten, daß bereits aus dem ersten gedrehten Reifen die perfekte Tiersilhouette eines Pferdes oder einer Kuh entstanden ist. Schließlich waren nicht allein die Werkzeuge entscheidend, sondern vor allem das Können des Drechslers, das sich auch erst mit der Zeit zur Vollendung entwickelte.

Ein Reifendreher braucht Holz, und zwar ein ganz be-

stimmtes Holz, und das war in den Wäldern des südlichen Erzgebirges mehr als reichlich vorhanden. Das weiche und gut spaltbare Holz der Fichte eignete sich hervorragend für das Reifendrehen. Bei der Tanne und auch bei der Kiefer sind die Jahresringe zu hart, und die Kiefer hat noch den Nachteil, daß ihr Holz sehr harzreich ist. Es sollte „grünes" Holz sein, also frisch geschlagenes. Ist eine sofortige Bearbeitung nicht möglich, dann werden die Stämme gewässert.

Trockenes Holz ist viel zu hart, wäre schwer zu bearbeiten, außerdem birgt es die Gefahr, daß es vom Kern her reißt und somit für den Reifendreher unbrauchbar wird.

Am günstigsten sind Stämme von drei bis vier Metern Länge. Sie werden in Stücke von 15 – 40 cm zersägt, wobei die Astquirle ausgespart werden. Somit eignet sich Holz, das gerade gewachsen ist und möglichst weit auseinanderstehende Astquirle aufzuweisen hat, am besten für die Reifenherstellung.

Die Bearbeitung erfolgt an der Drehbank. Bis über die Mitte des 19. Jahrhunderts diente die Wasserkraft zum Antreiben der Bänke. Nach 1868 wurde in Seiffen ein Dampfkraftwerk gebaut, und es hatte 150 Drehstellen. Die Reifendreher konnten sich dann für Stunden, Tage oder Wochen so eine Drehstelle mieten. Da aber die Miete für damalige Verhältnisse recht hoch war, dreimal soviel wie für die Wasserkraft, wurde anfangs nur zögernd Gebrauch gemacht von der Neuerung.

1912 wurde Seiffen ans Stromnetz angeschlossen, und jetzt konnten sich die Dreher unabhängig vom Dampfkraftwerk kleine Elektromotoren anschaffen, die ihre

Drehbänke antrieben. Es war nämlich nicht möglich, die Drehbänke mit bloßer Muskelkraft zu bedienen, etwa mit einer Fußdrehbank, denn die Reifendreherei erforderte so viel Schwung im kraftübertragenden Drehrad, daß selbst ein starker Mann nicht über Stunden dazu in der Lage war. Obwohl die Umdrehungen pro Minute niedriger lagen als die einer üblichen Drehbank.

Für die Bearbeitung wurden Drehstähle benötigt, die im Laufe der Zeit speziell für die Reifendreherei entwickelt wurden, als da sind: Drehmeißel, Schaber, Stecheisen, Ausziehhaken, Pfannenstecher und noch verschiedene andere. Es gibt an die sieben Grundformen, von denen jeweils drei bis fünf verschiedene Ausführungen greifbar waren, so daß ein Reifendreher an die 25 bis 30 Drehstähle haben mußte. Da er aber während der Arbeit abgenutzte Stähle nicht schärfen wollte und damit seine Arbeit hätte unterbrechen müssen, besaß er von jeder Standardform oft bis zu drei gleichwertige Stücke, so daß die Ausrüstung eines Reifendrehers so an die 60 bis 80 Drehstähle betrug.

Auch in der Größe unterscheiden sich diese Drehstähle von den üblichen eines Holzdrechslers. Die letzteren sind im Schnitt 20 – 30 cm lang, aber der Reifendreher hat solche von 30 – 80 cm Länge, je nach Verwendungsart des Werkzeuges. Natürlich ist der Umgang mit diesen Stählen nicht ungefährlich, und nur ein Könner kann sie ohne Verletzungsgefahr richtig anwenden. Der Bohrer zum Beispiel ist ein nach drei Seiten schneidendes Werkzeug. Man benutzt ihn, um zum Beispiel die Unterlippe beim Pferd zu formen.

Daneben besaß ein Reifendreher noch ein ganz simples Meßwerkzeug: ein einfaches Holzbrettchen, versehen mit drei kleinen Einschnitten. Damit mißt er bei der Herstellung mehrerer gleicher Reifen den Abstand der Vorder- und Hinterbeine sowie deren Höhe als auch die Höhe zum Rist des Tieres, um damit zu gewährleisten, daß alle Figuren gleich groß werden.

Die Arbeitsvorgänge des Reifendrehers sehen so aus, daß er als erstes das zu bearbeitende Holz, die „Stammscheibe", mit einem Hammer an der Drehbankspindel befestigt. Dann wird das „Schruppeisen" angesetzt, um, gegen die Drehrichtung arbeitend, die Rinde zu entfernen, also abzuschruppen. Die Stirnseite wird mit einem Drehmeißel plangestochen.

Nun beginnt der Reifendreher mit verschiedenen Drehstählen am äußeren Ende des Stammabschnittes breitere wie auch schmalere Vertiefungen anzubringen. Immer wieder prüft der Reifendreher mit dem Finger sowohl die ausgefrästen Konturen nach als auch die runden und wulstähnlichen stehengebliebenen Erhöhungen.

Aber damit ist der Reifen erst zur Hälfte fertig, entstanden sind jetzt die Unterseite des Tieres: Hinterbeine, Bauch und Vorderbeine, Hals und die Kopfunterseite. Es fehlt noch die gesamte Oberseite, und um die herausarbeiten zu können, muß der Handwerker den Reifen ablösen, herumdrehen und mit einem konischen Ansteckfutter, „Abdrehporzel" genannt, wieder an der Drehbank befestigen. Jetzt erst kann er mit seinen Drehstählen den Kopf, die Halsoberseite und die Rückenpartie ausformen.

Und immer wieder gleiten die Finger des Meisters prüfend über die Rillen und über die Erhöhungen, und er muß in seiner geistigen Vorstellung so den Körper erfühlen können. Endlich ist es soweit, und er nimmt den Reifen von der Spindel. Nun kommt der alles entscheidende Moment. Ist das Werk gelungen? Mit einem kleinen scharfen Messer schneidet er den Reifen an einer Stelle durch, biegt die aufgeschnittenen Teile etwas auseinander und sieht nun, ob das gewünschte Tierprofil gut gelungen ist. Dieses Profil ist eben nur im Querschnitt zu erkennen, das heißt, der Reifendreher hat bis jetzt „blind" gearbeitet, völlig vertrauend auf seine Fähigkeiten: phantasievolles Vorstellungsvermögen und ein gerütteltes Maß an erfahrener Routine.

Ganz selten, aber es kann schon mal vorkommen, also ganz selten passiert es, daß etwas nicht so gelungen ist und nachgebessert werden sollte. Das ist insofern schwierig, da er jetzt den geöffneten Reifen an der Schnittstelle mit einer Metallklammer zusammenfügen muß und ihn nur ganz behutsam an der Drehbank bearbeiten kann. Denn bleibt er versehentlich mit einem Drehstahl an der Schnittstelle hängen, so zerspringt der Reifen in Einzelteile, die durch die Drehbewegung mit der Wucht kleiner Geschosse durch die Gegend fliegen.

Aber es widerspricht der Berufsehre eines Reifendrehers, überhaupt an solche Korrekturen nur zu denken.

Natürlich werden sie gern von Besuchern gefragt, ob denn die Tiere immer hundertprozentig gelingen, und dann kann es schon sein, daß so ein Reifendreher ganz trocken sagt: „Ja, ja, das kann schon passieren, daß mir anstelle des geplanten Hundes plötzlich ein Schweinchen aus dem Reifen schaute."

Nun, Hund und Schwein sind grundverschieden von den Umrissen, und so dürfte es sich hier um echtes „Reifendreher-Latein" handeln.

Zu ergänzen sei noch, daß je nach Durchmesser des Stammes größere oder kleinere Tierformen gedreht werden können. Der kleinste zu bearbeitende Reifen kann einen Durchmesser von nur 5 cm haben, der größte aber nicht mehr als 60 cm, da sonst eine Bearbeitung auf der Drehbank nicht mehr möglich ist.

„Jetzt weiß ich so viel über die Herstellung der Reifentiere", stöhnte der Engel, „aber welche Tiere im einzelnen unter den geschickten Händen der Handwerker entstanden, darüber könnte ich noch so viel nachlesen, aber nicht in dieser Nacht, die sich bald dem Ende zuneigt. Morgen will ich gern mehr darüber erfahren", sprach der Engel und schwebte hinaus aus der himmlischen Bibliothek...

Die 8. Nacht

Die Geschichte von den Reifentieren und der Geheimniskrämerei der Reifendreher

Der kleine Engel war mehr als ratlos, denn die Blütezeit der Reifentiere war um die Jahrhundertwende. Mit wem also sollte er darüber sprechen, alle die berühmten und begabten Reifentierhersteller gab es nicht mehr. Sollte er sich einen herbeiwünschen? Doch dazu bedurfte es zumindest des wohlwollenden Einverständnisses von Petrus. Kurz entschlossen flog er zum großen Himmelstor und bat Petrus um Rat.

„Deine Bitte sei gewährt, kehr zurück an deinen Platz in der Bibliothek", sprach der gute Mann mit dem schönen Bart.

Und als der Engel in die Bibliothek kam, da saß dort tatsächlich ein alter Mann, den Rücken gebeugt, einen kleinen Schnauzbart unter der Nase und sehr knochige Hände, denen man die jahrzehntelange Arbeit ansah.

Der Engel sagte gar nichts, und der Mann schaute endlich auf und sprach:

„Nenne mich Anton, ich bin geboren in Seiffen vor einer langen Zeit, und ich habe all mein Lebtag zusammen mit meiner Familie, vor allem mit meinen drei Söhnen, Reifentiere hergestellt, Reifentiere der besseren Qualität."

„Danke, Anton, daß du kommen konntest, ich habe so viele Fragen, und ich weiß nicht, wo soll ich anfangen, wo soll ich aufhören. Am besten erzähl' du einfach von dir und deiner Arbeit."

„Ach, das ist nicht so einfach zu sagen, schwer war sie, die Arbeit, auch wenn sie uns Freude machte, und karg war der Verdienst, und schaffen mußten wir bis in die tiefe Nacht, vor allem, wenn die Adventszeit heranrückte."

Der alte Mann stockte, wußte wohl nicht weiter, und so bat ihn der Engel, doch einfach der Reihe nach etwas über die Reifentiere und über ihre Herstellung zu berichten.

Und so begann der Alte seine Geschichte zu erzählen...

In einem kleinen Häuschen wohnten sie, ganz in der Nähe von dem berühmten Seiffener Kirchlein. In der Wohnstube, die winters zugleich die Werkstatt war, wurde bis in die Dunkelheit geschafft, und wenn es not tat, auch beim blakenden Schein der Petroleumlampe.

Zweimal in der Woche holte Wilhelm, der größte Sohn, der schon in die Schule ging, mit dem Handwägelchen unten im Dorf beim Reifendreher eine Ladung voll fertiger Reifen. Die kleinen Brüder halfen den Berg hinauf so recht und schlecht mit Schieben.

Der Vater spaltete mit dem scharfen, kurzen Messer die Reifen; etwa ein Schock, das waren 60 Stück Tierlein, mußten aus jedem Reifen herauskommen, sonst wurde der karge Verdienst noch knapper.

Die Großmutter, die mit in dem kleinen Häuschen lebte, „rundete" die Tiere, das heißt, sie gab zum Beispiel den Pferderücken mit dem Schnitzmesser etwas Form, auch die Beine schnitt sie sorgfältig zurecht.

Dann wurden die Tiere in die Farbe getaucht und zum Trocknen aufgestellt.

Das war eine Arbeit, die die Kleinsten machen konnten. Ja, die Kinder mußten fleißig mitarbeiten, das war so Brauch, und da störte sich niemand daran im ganzen Sprengel. Sie mußten dabei helfen, dem Vater das Material zuzureichen, sie mußten den Boden fegen und all die kleinen Handreichungen machen, die so anfielen. Und wenn sie größer und verständiger waren und geschickter mit ihren kleinen Fingern umzugehen verstanden, dann durften sie auch die feinere Malerei mit ausführen helfen, zum Beispiel mit dem Pinsel die Fesseln andeuten, am oberen Pferdehals die schwarze Mähne hinstricheln und die winzigen kleinen Ohren wie auch den Schwanz ankleben. Das war notwendig, damit es „besseres Vieh" wurde. Im Augenblick tat diese Arbeit noch die Mutter, die es aber sehr gern sah, wenn andere fleißige Hände ihr halfen, denn sie hatte mit dem Haushalt genug am Halse, schließlich galt es, jeden Tag sechs Mäuler zu stopfen.

„Da habt ihr fleißig schaffen müssen miteinander, lieber Anton", warf der Engel ein, „aber was bedeutet das: besseres Vieh, gab es auch einfaches Vieh?"

Und der Reifentiermacher Anton hub an zu erzählen von den vielerlei Arten und Qualitäten der Reifentiere. O ja, es gab ganz einfaches Vieh, es wurde Schock- oder Pfennig-Vieh genannt. Denn der Gesamtpreis für ein Schock, also für 60 Stück, betrug 5 oder 6 Pfennig, damals um 1890, und von diesem Geld mußte der „Viechmacher", wie der Reifentiermacher genannt wurde, dem Reifendreher jeweils 4 Pfennig zahlen. Die Tiere wurden so dünn vom Reifen gespalten, daß sie kaum stehen konnten, so daß aus einem Reifen bis zu zwei Schock herausgeschnitten wurden.

Aber Anton berichtete, daß er nur die bessere Qualität ablieferte. Allein seine Bemalung gehörte schon zur guten Kategorie. Neben dem stehenden Tier gab es auch liegendes Vieh, solches, das fraß oder schreitend sich fortzubewegen schien. Dies war sowohl vom Reifendreher schwieriger herzustellen und forderte auch vom Reifentiermacher viel mehr Zeitaufwand.

„Ich habe gelesen, daß es sogenanntes Haustiervieh gab", warf der Engel ein.

„Aber natürlich, der Haustier-Satz", erinnerte sich der alte Mann. „Zu solch einem Satz gehörten immer sechs Tiere, nämlich Pferd, Kuh, Schaf, Ziege, Hund und Schwein. Auch hier bestand die mittlere Qualität nur aus stehenden Tieren, die bessere aus liegenden und fressenden Haustieren.

Aber es gab auch noch die Jagdtiere, auch das war ein Satz mit sechs Stücken: Hirsch, Reh, Fuchs, Jagdhund, Gemse und Wildschwein. Die wurden sogar springend dargestellt."

„Aber dafür bekamst du doch etwas mehr Geld."

„Ja, dafür gab es schon ein paar Groschen, aber die Hälfte davon mußten wir an den Reifendreher zahlen. Trotzdem ging es uns noch sehr gut, anderen Spielzeugmachern ging es lange nicht so gut. Wir konnten es uns sogar leisten, ab und zu in den Dresdner Zoo zu fahren, um dort die fremden Tiere zu sehen, das war immer ein Erlebnis."

„Fremde und exotische Tiere?" fragte der Engel, „kannst du mir sagen, wozu ihr diese Kenntnisse brauchtet?"

„Das solltest du kleiner Engel doch am besten wissen", schalt der alte Anton, aber es klang eher scherzhaft. „Natürlich für die Archentiere, das beliebteste Spielzeug zu unserer Zeit."

„Oh, da mußt du mir mehr davon erzählen", bat der Engel.

„An die zweihundert verschiedene Tiere, die da kreuchen und fleuchen, gab es für die Arche. Nilpferde, Nashörner, Giraffen, Löwen und Elefanten, um nur einige zu nennen. 60 oder gar 90 Tierpaare, zusammen mit der Familie Noah, acht an der Zahl, wurden so sorgfältig in Schachteln verpackt für den weihnachtlichen Gabentisch hergestellt. Natürlich gab es auch noch eine schöne Arche dazu, die wurde in Nachbarorten gebaut. Ein großes, flaches Schiff und obenauf ein Haus, so groß, daß alle die Tierpaare unterzubringen waren."

„Das war wohl für die Kinder ein Stück biblische Geschichte, die sie selbst gestalten konnten", warf der Engel ein.

„Ja, sicher, aber wohl mehr noch reizten die unbekannten Tiere, die manch Bub oder Mädchen noch nie gesehen hatte. Deshalb gab es auch Sätze mit sogenannten Menagerietieren. Das waren immer zwölf, und so ein Pack bestand etwa aus einem Elefanten, Eisbären, weiter waren noch

dabei Kamel, Giraffe, Löwe, Tiger, Wolf, Affe, ja, laß mich nachdenken, mein Kopf ist doch schon alt geworden, es waren immer zwölf, mir fällt nur der Leopard ein."

„Laß es gut sein", tröstete ihn der Engel, „eure Kunst war also hoch angesehen, und niemand sollte hinter eure Fähigkeiten kommen, sie euch sozusagen stehlen."

„Gut, daß du das erwähnst, das war zu unserer Zeit das allerhöchste Gebot, und da sorgte die Innung der Reifendreher dafür. Gegründet wurde sie, als ich in der Mitte des Lebens stand, das war so um 1905 oder 1906, so genau weiß ich das nicht mehr. Aber die Innung half uns, auch wenn es einen Haufen Zeugs von Verordnungen und Gesetzen gab. So hatten wir immer Sorge, frisches Holz für unsere Reifen auch im Sommer zu bekommen. Die Förster lieferten nur im Frühjahr frisches Holz vom Wintereinschlag, und im Sommer fehlte es uns an frischem Holz. Die Innung erreichte es, daß wir auch im Sommer Holz erhielten und später sogar selbst schlagen durften."

„Du wolltest aber erzählen, wie eure Reifendrehkunst und das Herstellen der Reifentiere ein wohlbehütetes Seiffener Geheimnis blieb."

„Ja, ja, du siehst, ein alter Mann wird so schrecklich vergeßlich. Natürlich wollte ich das erzählen."

Und so erfuhr der Engel vom alten Reifentiermacher, daß die Innung ganz genau darauf achtete, wer in die Kunst des Reifendrehens eingewiesen wurde. Streng wurde darüber gewacht, daß kein Böhmischer oder Österreicher oder gar ein Welscher eingestellt wurde als Lehrling, kurz, es gab in den Innungs-Statuten eine Bestimmung, in der stand, daß nur „Reichsdeutsche" einzustellen und zu beschäftigen seien.

Das Reifendrehen und Reifentiermachen sollte ein streng gehütetes Geheimnis bleiben, nur den Ansässigen in Seiffen und den Nachbarorten vertraut. Selbst bei Ausstellungen und Messen war es verboten, dem Publikum öffentlich diese Künste vorzuführen.

„Große Aufregung herrschte in den zwanziger Jahren", erzählte Anton weiter, „da hieß es, Japaner seien unterwegs, die wollten sich genau in Kenntnis setzen über unser Handwerk. Aber ihnen wurde nichts gezeigt. Der Himmel behüte, die hätten unser Geschäft bestimmt kaputtgemacht. Außerdem gingen unsere Umsätze und Aufträge leider sehr zurück. Neumodisches Spielzeug, aufziehbare Blechautos und all so modernes Zeugs fand mehr Liebe bei den Kindern als unsere schönen Arche- und Menagerietiere oder gar unsere Sätze für den Bauernhof."

„Das war sicher sehr schade", warf der Engel bedauernd ein.

„Es war wirklich sehr schade, aber so ist der Lauf der Welt, immer was Neues. Ja, so war's halt, doch jetzt, lieber Engel, laß mich Feierabend machen, ich bin rechtschaffen müde vom vielen Reden. Ach, hätt' ich doch meine geliebte Ziehharmonika bei mir, für stattliche 5 Mark habe ich mir das Klingenthaler Prachtstück damals 1912 gekauft, das war viel Geld für mich. Und wie oft habe ich die schönen Weisen von meinem Namensvetter, dem Anton, gespielt, Anton Günther hieß er ganz genau und lebte zu meiner Zeit."

„Kennst du denn noch ein Lied von ihm?"

„O ja, einen Vers von seinem Lied ‚O selige Weihnachtszeit' weiß ich noch ganz auswendig."

Und der alte Reifentiermacher sang leise, aber doch gut verständlich:

> „De Weihnachtszeit is komme,
> vergaßt alln Zank ohn Streit.
> O selige Zeit, o Weihnachtszeit!
> Du brengst ons wieder Frieden,
> machst onner Harz voll Lust on Freid,
> O selige Weihnachtszeit…"

Und als er ausgesungen, da verschwand der Alte, löste sich in Nebel auf und kehrte zurück in seine Vergangenheit. Der kleine Engel aber dachte bereits an die bevorstehenden Erlebnisse der kommenden Nacht…

Die 9. Nacht

Die Geschichte von den Räuchermännern (und -frauen)

In dieser Nacht war es etwas milder geworden, der Himmel blieb wolkenverhangen, und auf der Erde hingen Fetzen von wabberndem Nebel. Der kleine Lichterengel war wieder unterwegs zu einem der schönen Ausstellungsräume im Erzgebirge. Heute wollte er die Räuchermänner besuchen, und dieser Nebel erinnerte ihn sehr an den Dampf, der aufstieg aus deren Pfeife, wohlduftend nach Weihrauch.

Und während er bei diesem schlechten Wetter sein Ziel anflog, dachte er nach über das, was er über den Weihrauch gelesen hatte: Weihrauch, auf lateinisch „Olibanum" genannt, was wiederum aus dem Hebräischen stammt, denn dort heißt lebonah soviel wie Milch, also Weihrauch ist das getrocknete Harz des Weihrauchbaumes. Diese Bäume, die vor allem in Arabien und in Somalia vorkommen, werden am Stamm angeritzt, es tritt ein milchiger Brei aus, der eintrocknet und verharzt. Dieser Rohstoff war so kostbar, daß er früher mit Gold aufgewogen wurde.

Deshalb brachte auch einer der Drei Könige aus dem Morgenland, Melchior, dem Christkind Weihrauch als Geschenk. Doch schon fünftausend Jahre vor der Zeitwende wurde Weihrauch verschwelt zu Ehren der orientalischen Götter. In Ägypten war Weihrauch bekannt zum Einbalsamieren der Toten und auch als Heilmittel. Griechen und Römer verwendeten es bei ihren Begräbnissen. Zum einen sollte es die bösen Geister vertreiben und zum anderen erfreute man sich an dem wohlriechenden Duft. Weihrauch strömt beim Verbrennen einen typischen balsamisch-narkotischen Geruch aus.

Heute setzt sich Weihrauch aus einer Mischung der verschiedensten Harze zusammen. Da sind zu finden das Olibanum, gewonnen aus dem Weihrauchbaum, dazu kommen Myrrhe und getrocknete Zimtrinde, Lavendelblüten usw. Auch in den Räucherkerzchen findet sich Weihrauch, und die Erzgebirgler wollten wohl mit diesem Duft, da sie auch abergläubisch waren, anfangs Spuk- und Waldgeister vertreiben...

Der Engel war angekommen. Dieser Ausstellungsraum war auf seinen Regalen und Podesten bis hinauf zur Decke angefüllt mit Räucherkerzenmännern. Lackierte und solche aus Naturholz, kurz, eine Fülle der verschiedenartigsten Figuren...

Der Engel ließ sein mildes Licht erstrahlen, und da tönte aus dem Hintergrund eine brummelnde Stimme:

„Wer stört da unsere wohlverdiente Nachtruhe?"

Es war ein Schornsteinfeger-Räuchermann, der da so sprach – einen schwarzlackierten Zylinder auf dem Kopf, ebenso lackiert sein Wams, aber mit goldenen Tupfen als Knöpfen verziert. Über der rechten Schulter hing ihm eine Leiter aus Naturholz, und ein maisgelbes Pfeifchen saß ihm verwegen schräg im Munde.

Da tönte es schon aus einer anderen Ecke:

„Was heißt hier wohlverdiente Nachtruhe? Unsereins hat nachts recht munter und frisch zu sein und muß überall nach dem Rechten schauen. So war das auf jeden Fall zu meiner Zeit."

Der so sprach, war natürlich ein Nachtwächter. Dunkelgrün das Wams, darüber ein blauer Regenumhang, und an dem einen Arm baumelte ihm das Nachtwächterhorn, und in der anderen Hand trug er die Laterne.

„Ach was, Nachtwächter gibt es heute gar nicht mehr, aber Schornsteinfeger sind immer noch gefragt", konterte dieser.

„Aber unser Beruf ist viel älter, und wir waren auch die ersten, die als Räucherkerzenmänner bekannt wurden in Stadt und Land."

„Ganz und gar falsch", rief da ein Türke, mit Krummsäbel und Turban ausgerüstet und sehr bunt bemalt, „mich, den berühmten türkischen Sultan Suleiman, hat man als ersten Räucherkerzenmann eingeführt."

„Ganz värkährt", schnarrte da eine andere Figur. „Ich war noch äher da und bin auch viel beliebter", und man merkte es seiner Sprache an, daß dieses Männlein in der braunen Kutte und mit dem runden Hütlein auf dem Kopf wohl aus dem Böhmerland stammte. Es war der Rastelbinder.

Der Engel hatte bis jetzt geduldig der Wörtelei zugehört, aber nun schaffte er sich doch Gehör:

„Ich bitte um etwas Ruhe und Ehrfurcht, wenn ein Engel euch die Ehre seines Besuches angedeihen läßt."

Der Engel wußte, daß solch umständliche Formulierungen immer Wirkung zeigten, und so war es im Augenblick mucksmäuschenstill geworden, nur ganz hinten in einem Regal flüsterte ein Pilzsammler ganz erstaunt: „Ein Engel gibt uns die Ehre."

„Ja, ich gebe euch die Ehre, um ein wenig zu plaudern über die Vielfalt der Räucherkerzenmänner und Frauen, aber zuerst will ich euren kleinen Streit schlichten helfen."

Und er fing mit dem Türken an: ganz früher waren die Türken als kriegerisch verschrien, aber das lag wohl an diesen unseligen Kriegen, die zwischen dem Morgenland und dem Abendland immer wieder ausbrachen.

Jedoch im letzten Jahrhundert, nachdem die Schrecken der Türkenkriege lange vergessen waren, wandelte sich das Bild zum friedfertigen Türken. Auf den Jahrmärkten und in den Spezereien wurde „Türkischer Honig" sehr beliebt, und auch türkischen Kaffee trank man und rauchte dazu türkischen Tabak. Der gemütvoll rauchende Türke mag wohl Vorbild gewesen sein für die Schnitzer im Erzgebirge, und vor allem die prachtvolle morgendländisch-bunte Kleidung hat dazu gereizt, diese Figur in vielen Variationen als Räucherkerzenmann zu verewigen.

Ein weiterer Zeitgenosse, der vor allem im Erzgebirge gern gesehen wurde, war der aus dem Böhmerland kommende Rastelbinder. Er war ein Tausendsassa, sowohl Handelsmann als auch Handwerker. Er zog als Hausierer von Ort zu Ort, bot seine Waren feil, vor allem Hausrat, aber auch Mausefallen und Ziergegenstände. Besonders beliebt war er bei den erzgebirgischen Hausfrauen, da er mit viel Geschick Ton- und Steingutgefäße, die einen Sprung hatten, zu flicken verstand. Er legte um das ganze Gefäß ein Maschengeflecht aus Draht, so daß der Topf noch lange seinen Dienst tun konnte. Seine Bedeutung verlor der Rastelbinder, als Töpfe, Schüsseln und Krüge fabrikmäßig in großen Mengen sehr billig hergestellt wurden.

Ja, und der Nachtwächter galt als wichtige Respekts- und Amtsperson im Ort. Alle kannten damals sein Lied, das mit der Zeile begann: ‚Hört, Ihr Leute, laßt Euch sagen. . .' Und daß ein Nachtwächter bei seinem einsamen nächtlichen Gang wohl mal ein wohlschmeckendes Pfeifchen verdient hatte. Das war wohl auch der Grund, ihn aufzunehmen in die Berufsreihe der Räuchermänner.

Dem Schornsteinfeger kommt schon von alters her das Symbol des Glücksbringers zu. Wer frühmorgens einem Schornsteinfeger begegnete, der versprach sich für den

ganzen Tag Glück oder gutes Gelingen seines Tagewerkes. Auf den Glückwunschkarten zum Jahreswechsel war oft ein Schornsteinfeger abgebildet, er sollte für das kommende Jahr genauso Glück bringen wie das Schweinchen oder das vierblättrige Kleeblatt.

„Und so gesehen gehört der Schornsteinfeger fast mit hinein in die Weihnachtszeit", schloß der Engel seinen Bericht.

„Wir wurden aber auch gern als Kinderschreck benutzt", meldete sich hier der kleine Schornsteinfeger-Räuchermann, „denn es war üblich, daß man ungezogenen Kindern mit dem schwarzen Mann drohte, der sie abholen oder in seinen Rußsack stecken würde."

„Danke für diesen Hinweis", sagte der Engel, „aber es gibt noch viel mehr Berufe unter den Räuchermännern…"

Hier wurde der Engel unterbrochen von einer Figur, die grün gewandet über der Schulter ein Gewehr trug und an der Seite einen Hirschfänger:

„He, Kamerad Engel, ich bin der Stülpner Karl, ich bin eine Berühmtheit, soll ich mal was aus meinem Leben erzählen, eine richtig schöne Geschichte?"

Nun war es einerseits für den Engel mehr als verwunderlich, mit dem Beinamen „Kamerad" angesprochen zu werden, andererseits hatte er keine Ahnung, wer wohl dieser Stülpner sein mochte.

Ein Räuchermann in einer Polizisten-Uniform ersparte ihm seine Frage, als er rief: „Ha, eine Berühmtheit! Ein ganz gewöhnlicher Wilddieb bist du."

„Aber erwischt habt ihr Schergen mich nie", konterte der Stülpner Karl mit grollendem Lachen.

„Wir wollen uns über ehrbare Berufe unterhalten", unterbrach der Engel. „Wer kann mir seinen Berufsstand nennen?"

„Ich bin ein Briefträger", rief es aus der einen Ecke, und aus anderen Ecken tönte es: „Ich bin ein Zimmermann, und das ist wohl sehr ehrbar, – und ich bin ein Bergmann, nicht weniger ehrbar – und ich ein freundlicher Gastwirt."

„Danke, es genügt", bremste der Engel das Stimmendurcheinander und fuhr fort: „Der Räucherkerzenmann war so beliebt im Erzgebirge, daß er in allen bekannten und gängigen Berufen vertreten war. Kurz, er verkörperte das Dorfleben. Es gab sogar Räucherfrauen, nämlich die Pfeif-

chen schmauchende Oma im Lehnstuhl und die Wald-
oder Kräuterfrau."

„Lieber Engel, es gibt aber auch ganz neue Motive, die
erst in den letzten Jahrzehnten entwickelt wurden", sagte
ein rauchender Nikolaus. „Da gibt es ein schönes Bilder-
buch von Wilhelm Busch, das heißt ‚Max und Moritz', und
die Figuren aus diesem Buch, wie zum Beispiel der Lehrer
Lämpel und der Schneider Böck, stehen da hinten im Regal."

„Aber noch etwas sollte zur allgemeinen Belehrung ge-
sagt werden", ergriff sofort der Lehrer Lämpel das Wort.
„Sehr beliebt sind auch die sogenannten Räucherhäuser.
Nichts liegt doch näher, als daß aus dem Schornstein eines
Hauses der Rauch quillt. Und es gibt sogar Räucherpilze!"

„He, Kamerad Engel, jetzt könnte ich doch mal meine
Geschichte erzählen. Die ist auch ehrbar."

„Nein, Kamerad Stülpner, die Nacht ist fast vorbei, ich
muß zurück, obwohl noch nicht alles gesagt und Wichtiges
noch offen bleibt, vielleicht besuche ich euch morgen noch
einmal", sagte der Engel und machte sich schleunigst auf
den Rückweg, denn es dämmerte bereits...

Die 10. Nacht

Die Geschichten von den Crottendorfer Kegeln und dem Karl Stülpner

Gleich als der Engel in dieser Nacht bei den Räucherkerzenfiguren erschien, meldete sich der Stülpner Karl:

„He, Kamerad Engel, hallo, nun kann ich meine Geschichte endlich erzählen."

Der Engel ging nicht darauf ein, sondern fragte: „Weißt du denn, aus welchem Material du gefertigt bist?"

„Nun, ich bin aus echtem Schrot und Korn", entgegnete der Wilddieb, „will sagen, ich bin aus gutem Fichtenholz gedrechselt."

„Das stimmt wohl genau, aber deine Vorgänger waren anfangs nicht aus Holz."

Und der Engel erzählte den lauschenden Räuchermännern und -frauen, daß die ersten Typen aus Masse hergestellt wurden, verwendet wurde eine Teigmischung aus Leim, Säge- und Brotmehl. Daraus modellierte man die Figur, die bis zu vier Tage trocknen mußte. Später wurde der Korpus an der Drechselbank gedreht, aber die Füße wurden auch noch bis in die Gegenwart oft aus einer Art Teig geformt.

„Meine Füße sind aus Holz", sagte der Schornsteinfeger stolz, „aber noch etwas ist ganz wichtig, verehrter Engel, ohne dem sind wir nutzlos, und das haben der Ferdinand Frohs und der Gotthelf Friedrich Haustein, die Anfang des vorigen Jahrhunderts die ersten Räuchermänner herstellten, sehr schnell erkannt."

Der Engel konnte sich denken, was der Schornsteinfeger meinte, fragte aber trotzdem sehr bescheiden: „Und kannst du mir dieses Wichtige verraten?"

„Daß es zieht, Durchzug muß herrschen, sonst geht es nicht."

„Wieso Durchzug?" fragte der Gastwirt verständnislos. „Durchzug kann ich in meiner Gaststube nicht vertragen, da bleiben mir die Gäste weg."

„Dummkopf, natürlich muß kräftiger Luftzug herrschen, damit sie brennen und der Rauch nach oben aufsteigen kann", erboste sich der Schornsteinfeger.

„Du meinst die Räucherkerzchen, die sozusagen in eurem Bauch angezündet und abgebrannt werden", griff jetzt der Engel schlichtend ein und fuhr fort:

„Ja, der Frohs und der Haustein waren recht kluge Köpfe. Damit die Kerzen brennen können, muß Luft zugeführt werden, und das geschieht durch die beiden Löcher, die neben dem kleinen Blech zu finden sind, auf dem die Duftkerze zu stehen kommt. Und wie in einem Kamin steigt dann der warme Rauch nach oben und entweicht aus euren Mündern."

„Also habe ich doch recht gehabt, so etwas weiß doch ein gelernter Kaminfeger", triumphierte der schwarze Mann.

„Natürlich hast du recht gehabt, aber weißt du auch etwas über die Crottendorfer Kegel?"

„Crottendorfer Kegel?" fragte der Kaminfeger verdutzt, „was soll das denn sein, so eine Art Ofen? Solche Kegel kenne ich nicht."

„Alles weißt du also auch nicht", mischte sich der Gastwirt-Räuchermann ein, „aber ich weiß da mehr als du. In Crottendorf, das ist ein kleiner Ort im Erzgebirge, werden die duftenden Räucherkerzen hergestellt. Stimmt doch, werter, geschätzter Engel?"

„Stimmt genau, und ganz zu Anfang formte man aus einem dicken Brei mit der Hand kleine Kegel, die dann in einer Schale verglühten", erläuterte der Engel und fuhr fort: „Heute gibt es Pressen, mit denen viele tausende, ja sogar

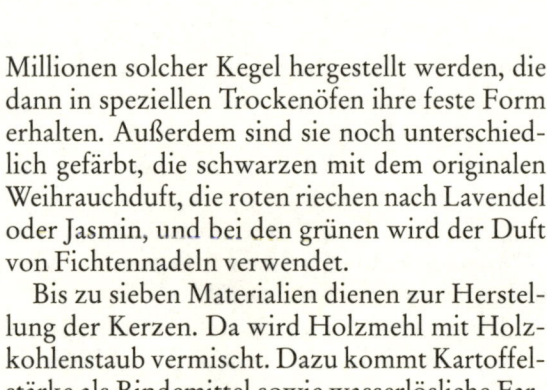

Millionen solcher Kegel hergestellt werden, die dann in speziellen Trockenöfen ihre feste Form erhalten. Außerdem sind sie noch unterschiedlich gefärbt, die schwarzen mit dem originalen Weihrauchduft, die roten riechen nach Lavendel oder Jasmin, und bei den grünen wird der Duft von Fichtennadeln verwendet.

Bis zu sieben Materialien dienen zur Herstellung der Kerzen. Da wird Holzmehl mit Holzkohlenstaub vermischt. Dazu kommt Kartoffelstärke als Bindemittel sowie wasserlösliche Farben, Kaliumnitrat als Sauerstoffträger und schließlich Weihrauch und die anderen Duftingredienzen."

„Wußte ich es doch schon immer, daß ich Edles rauche", sagte der Nachtwächter nicht ohne Stolz.

„Ja, glaubst du denn, ich rauche einen Wald- und Wiesenknaster", legte der Stülpner los, „auch ich hab denselben wohlriechenden Dampf. Aber, Herr Kamerad Engel, kann ich jetzt nicht mal etwas zum besten geben aus meinem abenteuerlichen Leben?"

„Ja, soll jetzt gar der Räuber und Wilddieb seine Schandtaten kundtun?" sagte der Polizist entrüstet.

„Du magst zwar ein guter Hüter der Ordnung sein", warf der Engel ein, „aber in einem hast du völlig unrecht. Der Stülpner Karl war kein Räuber, er war nicht mal ein schlechter Mensch, ja, er war wohl sogar recht gottesfürchtig. Laßt mich einiges über ihn erzählen."

Der Engel hatte sich natürlich in der Zwischenzeit informiert über den Stülpner Karl und dessen aufregendes, aber auch erschütterndes Leben. Und so fuhr er zum Erstaunen aller anwesenden Räucherfiguren fort:

„Der Karl wurde 1762 in einem kleinen Ort

namens Scharfenstein im Erzgebirge geboren. Es herrschte bittere Not in der Familie, der Vater des kleinen Karl, der
nicht mehr ein und aus wußte, stahl etwas Leinöl und stand
1769 vor Gericht. Der kleine Karl war gerade sieben, und
viele zeigten mit Fingern auf ihn: Sein Vater war ein Dieb.
Dabei wurde die Not für die armen Leute in den kommenden Jahren noch schlimmer, nach Mißernten folgten Hun-
gersnöte, und so wußte sich Karls Mutter auch nicht anders zu helfen, als sich etwas Getreide und ein paar
Brocken zu besorgen, natürlich ohne dafür zu bezahlen,
und wurde auch verurteilt. Das war die Jugend des kleinen
Karl."

„Genauso war es, wenn nicht sogar noch schlimmer",
meldete sich hier der Stülpner-Räuchermann, und mit
recht großem Respekt fragte er den Engel: „Aber, Hoch-
würden Engel, erlaubt mir zu fragen, woher Ihr das alles so
genau wißt?"

„Wenn Engel wollen, dann wissen sie einfach alles, und
da mich dein Schicksal sehr interessierte, so habe ich mich
kundig gemacht." (Er mußte ja nicht haarklein erzählen,
daß er in der Himmlischen Bibliothek tatsächlich eine
ganze Menge über diesen legenderen Stülpner Karl gefunden hatte.)

„Dann wißt Ihr sicherlich auch, daß mein größter Wunsch war, Jäger zu werden, aber leider erfüllte sich dieser Wunsch nicht."

„Aber dafür habt Ihr euch freiwillig gemeldet als Soldat, seid 1779 eingerückt beim Regiment Prinz Maximilian in Chemnitz. Und den Offizieren war es schon recht, wenn der Stülpner Karl für sie ein bißchen wilderte, so daß ab und zu in ihrem Offizierskasino ein leckerer Wildbraten kredenzt wurde. Aber als das ruchbar wurde, kamt Ihr auch wieder in Schwierigkeiten und seid ausgebüchst, man nannte das desertiert. Nun, Ihr habt Euch nicht fangen lassen, sondern den Behörden gewaltige Streiche gespielt und sie an der Nase herumgeführt. Aber, um es kurz zu machen, später habt Ihr Euch doch wieder gestellt, Euch wurde vergeben, und Ihr habt tapfer mitgefochten in den napoleonischen Kriegen, es traf Euch keine Kugel."

„Ja, jetzt ist mir's klar", warf hier der Stülpner-Räuchermann ein, „hochgelobter werter Engel, Ihr seid mein Schutzengel gewesen. Oh, ich danke Euch."

Der Engel erwiderte darauf nichts, ließ nur sein helles Licht noch etwas heller erstrahlen und setzte seine Erzählung fort: „Man hatte Euch versprochen, daß Ihr bald entlassen würdet, und wie gern stand Euch der Sinn danach, eine Familie zu gründen, aber die hohen Militärs oder wer auch dahintersteckte, hielten Euch immer wieder hin, bis es Euch zu dumm wurde, und Ihr habt auf Eure Art den Dienst quittiert und seid untergetaucht in den Wäldern des Erzgebirges."

„Und da habe ich wohl ein wenig gewildert, aber niemals geräubert, und dazu würde ich gern eine Geschichte erzählen. Darf ich, liebwerter Kamerad Engel?"

„Der liebwerte Kamerad Engel erlaubt es dir", sagte der Angesprochene.

„Das ist nämlich eine Geschichte, die soll sich mal der Polizeibüttel sehr genau anhören. Jawohl. Also, da streifte ich eines Tages so durch die Wälder zwischen Sachsen und Böhmen, als ich plötzlich eine wimmernde Stimme hörte. Ich sprang aus dem dichten Wald und sah am Wegesrand ein Männlein hocken, einen Kasten Leinenzeug neben sich, das zitternd in seinem abgeschabten Beutel ein paar Silberlinge zusammensuchte, denn vor ihm stand ein finster aussehender Kerl mit einem Prügel in der Hand, den er drohend schwang.

‚Oh, Herr‘, jammerte das Männlein, ‚dieser böse Mensch ist der Stülpner Karl und zwingt mich, meine ganze Einnahme herzugeben, und ich brauch doch jeden Pfennig für meine arme hungrige Familie, helft mir in Gottes Namen.‘

Da trat der Finsterling mit seinen Knüppel drohend auf mich zu und knurrte:

‚Verschwindet, sonst lernt Ihr meinen Prügel kennen.‘

Da riß ich meine Büchse von der Schulter, die der Kerl wohl gar nicht gesehen hatte, und donnerte: ‚Kerl, was glaubt Er wohl, wer ich bin. Der Stülpner Karl bin ich, und wehe, ich erwische ihn nochmal, daß Er meinen Namen schändet, dann blase ich ihm mit meiner Büchse ein Loch in seine schwarze Seele, und jetzt schmeiß Er seinen Knüppel weg und verschwinde auf Nimmerwiedersehen, sonst mache ich Ihm Beine.‘

Der Kerl hat seine Beine in die Hand genommen und ist fluchend davongelaufen.

Das kleine Leinenweberlein aber hat mich mit großen Augen angesehen und staunend gefragt: ‚Ist's wahr, Ihr seid wirklich der bekannte Stülpner Karl?'

‚Ja, der bin ich, ein Wildschütz wohl, aber kein Räuber.'

Der Kleine kramte in seinem Beutel und wollte mir ein Silberstück als Dank geben, ich aber sagte ihm, es wäre mir Dank genug, wenn er überall, wo er hinkommt, bekanntgibt, daß der Stülpner Karl ein Herz für die Bedrängten hat und noch niemals geraubt hat. Ja, so ist das damals gewesen."

„Und deshalb haben die Erzgebirgler ihren Stülpner Karl über alles geliebt, denn eines muß man auch noch erwähnen", ergriff der Engel jetzt wieder das Wort, „damals richtete das Wild große Schäden an, die Wildsäue verwüsteten die Kartoffeläcker der Bauern, aber die hohen Herrschaften, denen die Wälder gehörten, kümmerten sich wenig um die Nöte der kleinen Leute. Da war es manchem Bäuerlein recht, wenn der Karl etwas aufräumte unter dem gefräßigen Wild."

„Liebwerter Engel, du bist wirklich ein echter und aufrichtiger Kamerad, ich habe das gleich von Anfang an gewußt. Hab Dank für das, was du alles zu meinen Gunsten zu sagen wußtest", sagte der Wilddieb.

Der Engel aber erzählte den anderen noch, daß der arme Stülpner Karl den Rest seines Lebens in aller Heimlichkeit verbringen mußte und daß er schließlich im 79. Lebensjahr völlig verarmt starb, begraben wurde er in Großolbersdorf, und auch noch heute gehen Leute zu seinem Grabstein und schmücken ihn mit Blumen. Er war ein wahrer Freund der Armen, er war ihresgleichen und hatte immer das Herz am rechten Fleck.

„Wenn auch die Geschichte etwas traurig endet, so merkt euch doch, ihr lieben Räuchermänner und -frauen, daß hier unter euch eine Berühmtheit weilt, die tatsächlich gelebt hat und noch heute von den Erzgebirglern verehrt wird. Nun aber laßt mich gehen, die Nacht neigt sich dem Ende zu."

Lautlos flog der Engel davon, und der Stülpner-Räuchermann sagte wohl drei- oder viermal hintereinander den Satz: „Ein echter und aufrichtiger Kamerad, der Engel, und das Herz hat er am rechten Fleck..."

Die 11. Nacht

Die Geschichten von Krippen und Weihnachtsbergen, Spieldosen und Kurrendesängern

Die vorletzte Nacht war angebrochen, und der Engel saß in der großen, schönen himmlischen Bibliothek an seinem ihm liebgewordenen Platz, stützte wieder mal seinen Kopf mit den Händen und war ganz in Gedanken versunken. Für die letzte, also die zwölfte Nacht, hatte er seine ganz bestimmten Pläne und wußte, was dort geschehen sollte.

Aber wie er in dieser vorletzten Nacht all das noch unterbringen wollte, was so übriggeblieben war, das machte ihm viel Kummer. Wie das so bei solch einem großen runden Thema ist, das meiste paßt in das geplante Schema, aber zum Schluß bleiben da und dort ein paar Krümelchen übrig, alle durchaus wert, an ihnen zu naschen, aber wie sie unter einen Hut bringen?

Zum Beispiel die Weihnachtskrippen: Überall auf der Welt gibt es sie, und vor allem im Süden Europas spielen sie eine bedeutende Rolle. Auch im Erzgebirge gab es eine Krippentradition, denn hier trafen der protestantische Norden und von Böhmen her der katholische Süden aufeinander. Die Erzgebirgler machten sich den Gedanken der Krippen auf ihre Weise gefügig, sie bauten ein heimisches Bauernhaus und verlegten an diesen Ort Christi Geburt mit all den dazugehörigen Personen und Tieren. Ja, selbst Krippen, die das Bergwerk mit einschlossen, waren keine Seltenheit.

„Vielleicht", so sinnierte der Engel laut vor sich hin, „sollte ich lieber etwas mehr von den Weihnachtsbergen erzählen, denn die Erzgebirgler waren doch echte Bastler, und so schufen sie gemeinsam prächtige Berge, ausgestattet mit kleinen Motoren oder Federwerken, die unterirdisch versteckt waren und die auf solch einem Berg so allerhand bewegten: Tiere und Schlitten, Schneepflüge und holzsägende Waldarbeiter. Solche Weihnachtsberge, von denen noch heute einige in den Museen stehen, waren oft mehrstöckig: unten im Keller schafften in einem Bergwerk Häuer und Steiger, darüber, also im Erdgeschoß, war die Heilige Familie mit den Königen aus dem Morgenland zu sehen, und ganz oben über allen schwebend eine Engelschar." Heute, so erinnerte sich der Engel, gibt es auch noch kleine Winterberge, in deren Mittelpunkt sehr oft die Seiffener Kirche zu sehen ist, tiefverschneit, inmitten von kleinen Häusern, die gern von innen beleuchtet werden...

Sollte er noch einmal ein Museum oder einen Ausstellungsraum besuchen? Nein, da war nun die Nacht schon zu weit vorgerückt, also träumte er sich hin an diese Orte, und da sah er seine kleinen Brüder, sehr viele an der Zahl, und sie alle musizierten, waren gruppiert auf einer himmelblauen Wolke aus Holz.

Auf manchem Adventstisch stand so eine Wolke, mal größer, mal kleiner, mal die Engel aus Naturholz, mal bemalt und lackiert.

Die bekanntesten musizierenden Engel waren jene mit

den elf weißen Punkten auf ihren Flügeln. Sie kamen aus dem erzgebirgischen Grünhainichen. Die Schöpferin dieser Engel hieß Grete Wendt, studierte an der Kunstgewerbeakademie in Dresden Anfang unseres Jahrhunderts und gründete in Grünhainichen ein Unternehmen, das noch heute in Familienhand bekannt ist für seine solide Handwerkskunst. Typisch sind die grünen Flügel mit den bereits erwähnten elf Punkten auf jedem Flügel. Die kleinen Engel werden liebevoll von Hand bemalt, und jede Figur muß bis zu 38mal in die Hand genommen werden. So werden diese kleinen himmlischen Musikanten zu Wert- und zu Sammlerobjekten, und es gibt nicht wenige Familien, bei denen diese Kostbarkeiten in einer gläsernen Vitrine das ganze Jahr über stehen.

„Und die Grete Wendt", so sprach der Engel zu sich selbst, „also die Grete Wendt, die nun schon längst ihr Werk von hier oben betrachten kann, die hat auch wunderschöne Figuren für Spieldosen geschaffen."

Die ersten „Dosen" waren mit allerlei Figuren bestückt, hatten kein Uhrwerk und drehten sich ohne Musik. Erst um 1800 gab es die „Klimperkästchen", wie die Erzgebirgler liebevoll zu den Spieldosen sagten, zu deren altbekannten Weihnachtsmelodien sich die Heilige Familie mitsamt den Drei Königen drehte oder auch ein Weihnachtsmann mit einem Schlitten, vollbepackt mit Geschenken. Das Musikwerk kam aus der Schweiz. Eine Spieldose mit einem guten Musikwerk und mit handwerklich sauber verarbeiteten Figuren war oft teurer als manche Pyramide.

Der Engel schloß die Augen und erinnerte sich an die vielen Spieldosen, die er in den Ausstellungsräumen gesehen hatte. Da waren viele dabei gewesen, auf denen sich die Kurrendesänger im Kreise drehten. Die Kurrendesänger! Beinahe hätte er sie ganz vergessen.

Das Kurrendesingen ist ein sehr alter Brauch im Erzgebirge. Das seltsam klingende Wort kommt aus dem Lateinischen, von „currere", was soviel wie Laufen heißt. Zur Advents- und Weihnachtszeit sind die Kurrendesänger durch die Ortschaften gezogen und haben gesungen. Es war sozusagen ein „laufender" kirchlicher Knabenchor, denn bis in die fünfziger Jahre durften nur Knaben zwischen 10 und 14 Jahren mitgehen. Später konnten auch Mädchen mitlaufen.

In früheren Zeiten ersangen sich die Kinder auch kleine Gaben, die helfen sollten, die Not zu Hause zu lindern, denn meist waren es Kinder armer Leute oder Lateinschüler, die auch nicht üppig zu beißen hatten. Oft froren die kleinen Sänger erbärmlich, wenn sie bei Schnee und Eis zum Singen loszogen. Zwar hatten sie, so gut es eben ging, einigermaßen festes Schuhwerk, einen Schal, der die Ohren schützen sollte und dicke Fausthandschuhe, aber trotzdem war das Singen oft kein Zuckerschlecken. In einem Gedicht des sächsischen Heimatschriftstellers Kurt Arnold Findeisen heißt es:

„Wir ziehen durch die Straßen
und frieren an die Nasen
auch frier'n wir an die Zeh'n.
doch singen wir sehr schön."

Die Sänger trugen meist ein schwarzes Übergewand, darunter waren sie ganz dick eingehüllt. Auf dem Kopf hatten sie einen schwarzen Hut mit breiter Krempe. Die Seiffener Drechsler gaben sich viel Mühe mit den Kurrendesängern. Es war nämlich gar nicht so einfach, die kleinen Kerlchen aus Holz zu formen. Die Krempe des Hutes mußte leicht hohl gedreht werden, und der Hut selbst war nach hinten geneigt, so wie auch der Kopf des Sängers, um deutlich zu machen, daß der kleine Kerl aus Holz wirklich singen sollte. Zusätzlich wurde die Mundpartie leicht gekehlt, so daß der Eindruck erweckt wurde, gleich kommen Töne aus dem geöffneten Mund.

Die Kurrende bestand meist aus einer Gruppe von fünf gleich großen Figuren. Vier davon hatten zwischen den Händen ein geöffnetes Gesangbüchlein, und der fünfte trug an einer Stange einen vergoldeten Stern. Gern wurde die Kurrendegruppe vervollständigt mit der achteckigen Seiffener Kirche oder mit kleinen Häusern und Spanbäumen...

Der Engel wandte den Blick nach oben: Bald schon würde es dämmern, und damit näherte sich die vorletzte Nacht ihrem Ende. Morgen, so beschloß er, würde er zuerst zum Rapport erscheinen, ja, und dann hatte er noch einen wichtigen Auftrag zu erfüllen...

Die 12. Nacht

Die Geschichte vom Weihnachtsengel und von seiner Idee, die Rauhnachtgeschichten hinaus in die Welt zu tragen

Die letzte der Rauhnächte war angebrochen, und der Engel hatte nicht vergessen, daß der Erzengel Gabriel von ihm einen Bericht erwartete. Also flog er ins Himmelreich, vorbei an Petrus, bis er den großen Engel fand, und da ihm dieser sehr gnädig winkte, setzte er sich ihm einfach auf die Schulter.

„Wenn du erlaubst, so möchte ich Bericht erstatten über meine Arbeit. Du weißt, ich wollte…"

„Ich weiß", unterbrach ihn der Erzengel Gabriel, „du wolltest die Geheimnisse des Spielzeug- und Weihnachtslandes im Erzgebirge lüften. Es ist dir sehr gut gelungen, ich bin recht zufrieden mit dir."

Der kleine Engel verkniff es sich, den großen Gabriel zu fragen, wieso er schon alles wisse, er habe ihm doch gar nichts berichtet, aber wahrscheinlich konnte so ein gewaltiger Engel einfach alle Gedanken lesen, und so stotterte er nur ein schüchternes: „Danke…, danke… für das Lob."

„Und wie sollen nun die Menschen, die gern etwas darüber lesen möchten, all deine schönen Geschichten erfahren?" fragte Gabriel.

Na, Gott sei Dank, endlich etwas, wovon der Große noch keine Ahnung hatte, freute sich der kleine Engel, aber die Idee, wie das zu machen sei, die war ihm just in diesem Moment eingefallen, und so legte er los:

„Dort, wo ich zu Hause bin, nämlich in dem schönen Weihnachtszimmer mit den vielen Pyramiden, also dort ist der Hausherr nicht nur ein Sammler und Liebhaber von

Pyramiden und anderem erzgebirgischen Weihnachtsschmuck, sondern er stammt auch aus dieser Gegend."

„Ich verstehe, er hat Sinn für diese Dinge", warf Gabriel
ein, aber der kleine Engel fuhr hurtig fort, denn er wollte
sich nicht seinen Einfall stehlen lassen vom gedankenlesenden Schwertengel.

„Ja, er hat Sinn, und deshalb fliege ich heute nacht zu
ihm, werde ihm im Traum erscheinen und ihm alles erzählen, was ich weiß, und ich bin sicher, er wird es sorgfältig aufschreiben."

„Weil es sein Beruf ist", ergänzte Gabriel.

Der Kleine konnte sich jetzt doch nicht bremsen, und so
fragte er fast ungehalten: „Großer Gabriel, woher weißt du
immer schon alles vorher?"

„Ja, wenn ich nicht alles vorher wüßte, dann könnte ich
doch kaum etwas Gutes tun und manches verhüten helfen,
du weißt doch, Engel sind auch Schutzengel."

Was half's, der Kleine mußte sich mit dieser unbefriedigenden Auskunft bescheiden, bedankte sich artig bei Gabriel, der ihm gutes Gelingen wünschte, und flog zurück,
nahm aber nicht seinen Stammplatz neben dem Bergmann
ein, sondern flog ins Schlafzimmer. Sein Hausherr schlief
tief und fest, und so war es ein leichtes, einfach in seinen
Träumen zu erscheinen. Der kleine Weihnachtsengel erzählte ihm all seine Erlebnisse der letzten Nächte, und als
er fertig war mit seinem Bericht, da fragte er: „Würdest du
das bitte aufschreiben in einem richtig schönen Buch?"

„Und ob ich das kann", antwortete der Träumende erfreut, „das gibt sogar ein wunderbares Buch. Doch eines
hast du in deiner Erzählung vergessen."

„Vergessen?" fragte der Engel.

„Ja, du hast dich selbst vergessen. Du hast zwar von den
kleinen Brüdern, den musizierenden Engeln, zu berichten
gewußt, aber von dir hast du nichts berichtet; du hast nichts
berichtet über die Engel, nur vom Bergmann hast du erzählt,
aber der Engel ist doch gerade bei den Erzgebirglern das
wichtige Gegenstück zum Bergmann. Habe ich recht?"

„Ja, du hast recht, wie konnte ich mich nur vergessen!"

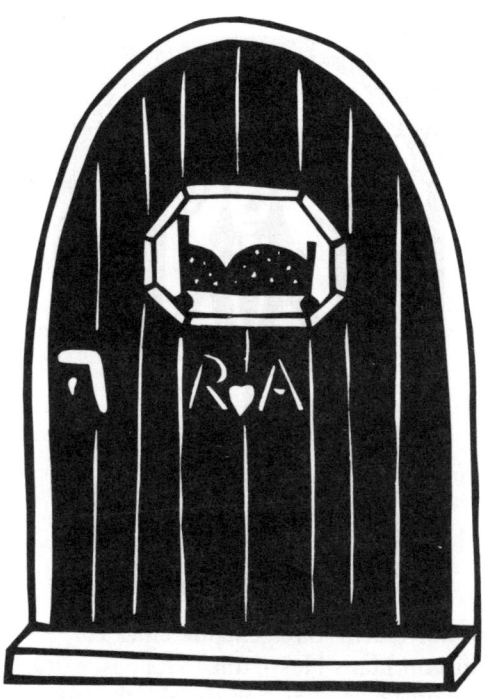

„Ja, ja", sagte der Träumende, „ein braver Engel denkt an sich selbst zuletzt."

„Was mach' ich jetzt, die Zeit langt doch nicht mehr", jammerte der Engel.

„Wie wäre es denn, wenn ich dir etwas über den Weihnachtsengel erzählen würde?"

„Du?"

„Ja, ich, denn ich weiß dazu eine ganze Menge zu erzählen. Zum ersten, daß Bergmann und Engel im erzgebirgischen Adventsbrauch zusammengehören, da sie symbolisch Himmel und Erde miteinander verbinden. Die Kerzen in ihren Händen sind ein Ausdruck der Sehnsucht nach Licht in der dunklen Jahreszeit."

„Und das helle Licht der Kerzen", warf der Engel ein, „versinnbildlicht die Freude über die Geburt Christi."

„Das stimmt", bestätigte der Träumende, „aber nun laß mich weiter berichten. Das erste Mal erschienen Engel und

Bergmann auf einem Tafelgemälde einer erzgebirgischen Landschaft von Hans Hesse um 1520, geschaffen für den großen Knappschaftsaltar der Bergkirche zu Annaberg. Auf diesem Bild schwebt ein Engel herab und zeigt einem Bergmann die Stelle, wo Erz zu finden ist, und der Knappe fängt an zu schürfen.

Einzug gehalten in die Weihnachtsbräuche hat der Engel aber erst so um 1830. Vorläufer waren wohl die Falt-schnittformen der Nürnberger Rauschgoldengel. Hier im Erzgebirge wurde der Korpus des Engels, ähnlich wie auch bei den Nußknackern und Räuchermännern, gedrechselt, und so entstand eine Walzenform, die durch Einschnitte und Anleimen von Gliedmaßen vollendet wurde. Meist nahm man damals schwachstämmiges Kernholz, um die Walzenform herauszuarbeiten. Ältere Exemplare, also an-tiquarische Stücke, soweit es sie noch gibt, kann man oft daran erkennen, daß sie Längsrisse aufweisen, da das trocken gewordene Holz gerissen ist.

Die Erzgebirgler entwickelten neben der Symbolik der hellen Lichtfigur noch einen ganz eigenständigen und sehr

persönlichen Bezug. Sie vermenschlichten den Engel, banden ihn ein in ihr tägliches Umfeld. So wandelte sich die Engelskrone in einen zylindrischen, meist dunkelgrünen Hut, so wie ihn die Bergleute tragen. Eine Schürze wurde ihm umgebunden, so wie sie die erzgebirgischen Hausfrauen trugen, langröckig und dem Zeitgeschmack entsprechend, zum Beispiel im Biedermeier geschmückt mit schönem Blumendekor. So wurde der Engel ein recht irdischer Weihnachtsschmuck."

„Und deshalb steht er auch heute noch in vielen Fenstern der Wohnhäuser, stellvertretend für die Anzahl der Mädchen im Haus", warf der kleine Engel ein, „aber davon erzählte ich bereits im Weihnachtszimmer."

„Es gab auch noch Schwebe-Engel, die waren zumeist geschnitzt und wurden oft zu mehreren als aufwendige Hängeleuchter gestaltet."

„O ja, das habe ich in einem Museum gesehen. Danke schön, daß du so viel über mich zu berichten wußtest."

„Ich bin noch nicht fertig, etwas mußt du noch wissen, es ist so seltsam, daß man glauben könnte, es sei erlogen, aber es ist die reine Wahrheit. Es gab mal eine Zeit, sie ist noch gar nicht so lange her, da durfte in der Heimat der wunderschönen erzgebirgischen Weihnachtsschnitzereien das Wort ‚Engel‘ nicht mehr benutzt werden. Es gab dich zwar, aber du wurdest umbenannt."

„Und wie hieß ich?"

„Geflügelte Jahresendfigur."

Der Engel fiel schier vor Schreck von der Bettdecke des Träumenden und fragte ganz verstört: „Wie nannte man mich??"

„Geflügelte Jahresendfigur."

„Das klingt ja beinahe wie Brathähnchen oder Gänsekeule", rief der Engel. „Und warum wurde ich so seltsam umgetauft?"

„Von Umtaufen kann da wohl kaum die Rede sein, das war eher ein Dekret, von oberster Stelle angeordnet, denn die Machthaber in diesem Teil unserer Heimat wollten nichts mehr mit Engeln und gleich gar nichts mit dem lieben Gott zu tun haben."

„Warum? Hatten sie Angst vor uns?"

„Sie hatten wohl auch Angst."

„Wovor, vor dem himmlischen Strafgericht oder vor der himmlischen Güte eines Engels?"

„Nein, sie waren nur sehr unsicher, und Unsicherheit erzeugt Intoleranz, und so verkündeten sie, daß ihre Weisheiten die Nabelschnur zum Weltall verkörpern, aber sie vergaßen, daß das Weltall so gewaltig an Vielfalt ist, daß ihre erbärmliche Nabelschnur es weder nähren noch halten konnte."

Der kleine Engel überlegte einen Moment und sagte dann: „Also, sie glaubten die Wahrheit, nichts als die reine Wahrheit gefunden zu haben – wie töricht!"

„Ja, wie töricht! Denn je mehr sie auf ihrem winzigen Körnchen Wahrheit pochten, desto mehr mischten sich riesige Brocken von Lügen und Unwahrheiten darunter, bis sie nur noch der baren Lügen hörig waren."

„Wie schlimm für die armen Menschen, die das glauben mußten."

„Ja, es war wohl sehr schlimm."

„Aber das göttliche Prinzip der Lauterkeit hat wohl doch zum Schluß gesiegt – ihr Menschen nennt es Demokratie, stimmt es?"

„Es stimmt, das hast du sehr schön gesagt, und das ist das beste Schlußwort zu diesem Thema."

„Aber über ein anderes Thema hätte ich gern mit dir gesprochen. Du hast sehr schöne Pyramiden gesammelt, ich glaube, schon an die zwölf Stück, und ich weiß, daß du geboren wurdest am Fuße des Erzgebirges. Erzähl mir bitte, warum du all die schönen Dinge aus deiner Heimat sammelst."

„Warum ich all die schönen Dinge sammle?" sagte der Träumende, und ein Seufzen schwang im Klang seiner Worte. „Aus Sehnsucht, aus Erinnerung, oh, das ist eine lange Geschichte."

„Beeil dich, noch haben wir in dieser Nacht Zeit für eine lange Geschichte."

„Die Liebe zu den Pyramiden, den Räuchermännern, Nußknackern und all dem anderen geschnitzten Spielzeug aus dem Erzgebirge stammt aus meiner Kindheit. Meine Großeltern betrieben einen erzgebirgischen Spielwarenhandel und hatten zur Weihnachtszeit in Chemnitz einen großen Stand auf dem Brückenmarkt, dort, wo alljährlich der Weihnachtsmarkt abgehalten wurde. Sie boten die schönsten Sachen feil, die sich ein kleiner Junge damals zum Spielen erträumen konnte. Kaufmannsläden und Pferdeställe, einen davon besaß ich, mit einem großen Wagen und genauso großen braunen Pferden. Und viele, viele Reifentiere, die durften damals auf keinem Gabentisch fehlen, und ich hatte Kisten und Kästen voll mit Kühen, Schafen, Hund und Katz, kurz, einen ganzen Bauernhof konnte ich aufbauen, mitsamt den Häusern.

Was glaubst du, wie himmlisch schön es für mich war, hinter den großen Ladentafeln stehen zu dürfen und mitzuhelfen beim Verkaufen. Es war oft bitterkalt. Damals war es noch allgemein kälter im Dezember als heute, und elektrische Wärmeöfen kannte man noch nicht, aber ich spürte die Kälte nicht, sondern labte mich am Duft eines Räucherkerzchens, das angezündet wurde in einem schönen, handgeschnitzten Nachtwächter-Räuchermann, und dieser Duft erfüllte den ganzen Stand, drang hinaus auf die schmale Gasse zwischen den Budenreihen und zog die Kauflustigen an. . ."

„Ich kenne diesen Räuchermann", warf der Engel ein, „es ist jener, der das ganze Jahr in deinem Arbeitszimmer steht."

„Du hast recht, und er ist mir besonders wertvoll, denn er ist das einzige Stück, das mir übriggeblieben ist, denn als ich die Heimat wechselte, war so gut wie alles für mich verloren, aber das gehört wirklich nicht hierher; und so wie mir ist es hunderttausenden ergangen, warum also klagen, wenn es möglich ist, diese wunderschönen Pyramiden und all die anderen Adventsfreuden der einstigen Heimat sich wieder zu beschaffen und zu sammeln, wie du weißt."

„Aber es waren deine so schönen Kindheitserinnerungen, die dir die Liebe zu diesen Dingen erhalten haben. Und so weiß ich auch, daß du mit viel Freude meine Rauhnachtgeschichten aufschreiben wirst."

„Es wird mir sehr große Freude bereiten, und ich möchte diese Geschichten nicht nur meinen Großeltern, sondern allen erzgebirgischen Schnitzern und Spielzeugmachern der Vergangenheit und der Gegenwart widmen", sagte der Träumende, und da der Engel nichts darauf erwiderte, versank er ganz schnell in einen traumlosen Schlaf.

Sacht entfernte sich der Engel, kehrte zurück an seinen angestammten Platz im Wohnzimmer. Es war fast schon Tag geworden, der 6. Januar, ein Feiertag: Heilige Drei Könige. Mit Wehmut dachte der kleine Lichterengel daran, daß nun wieder die Zeit gekommen war, da sie alle – die Pyramiden, Nußknacker, Leuchter, Räuchermänner – weggeräumt und säuberlich verpackt, warten mußten bis zur nächsten Adventszeit...

Inhaltsverzeichnis